아프지만,
살아야겠어

프롤로그

삶을 가르는 비포와 애프터

해체하기

받아들이기

에필로그

아직은 끝이 아닌 이야기

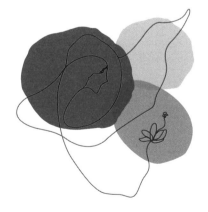

삶을 가르는 비포와 애프터

개인의 인생을 가로지르는 비포와 애프터는 대학 입시, 취직, 결혼, 출산 등과 같이 삶의 주기에서 맞게 되는 대소사를 들 수 있겠다. 결과적으로 현명했든 아니든 선택이 개입하게 되고 새로운 사람을, 공간을 만나게 되는 순간이다. 선택의 결과는 때로는 잔인하고 때로는 기쁨이며, 알 수 없는 세계로 이끌어 가거나 다른 선택을 가져오는 계기가 되기도 한다. 순간의 선택이 10년을 좌우하는 정도까지는 아니더라도 선택의 무게가 엄중하다는 건 살아봤기에, 이제는 좀 알 것도 같다.

암 진단을 받게 되면 여러 단계를 거치게 된다. 부정-분노-타협-우울-수용의 단계가 모두에게 적용되지는 않을지라도 적어도 내가 했던 선택이 왜 이런 파괴적인 결과를 낳았는지 곰곰이 짚어보게 된다. 스스로도 안다. 그런 과정이 부질없다는 것을. 하지만 인간이 의미 있고 가치 있는 일만 하면서 사는 것은 아니지 않은가.

아프지만, 살아야겠어

평소에 식습관은 어땠는지. 술이나 담배가 지나쳤는지. 최근 몇 년 사이에 스트레스를 엄청나게 받았었는지. 그중 하나일 수도 있고, 단 하나도 해당하지 않을 수도 있고, 어쩌면 그 모든 것이 합쳐진 결과일 수도 있다. 부질없지만 암을 받아들이는 꼭 필요한 과정 중 하나라고 생각하고 있다. 어쨌든 선택한 것은 나고 모든 선택이 모여 지금의 나를 만들었다는 것도 엄연한 사실인 것처럼 말이다.

내가 암 환자라는 게 자랑스럽지는 않다. 그저 암 환자라는 것뿐. 그것뿐이다. 암이라는 걸 처음 알게 된 후 집으로 돌아오는 길에 죽음이란 이토록 외로운 것이라는 걸, 그때 알았다. 이걸 받아들여야 할 사람도 나고, 함께 살아가든 떨쳐내든 무언가 액션을 취해야 할 사람도 결국 나뿐이라는 걸. 이렇게 중요한 것을, 살아가는 매 순간 선택이란 걸 할 때는 왜 잊었는지. 후회는 불가피했다.

양쪽 유방에 퍼져있는 조직을 떼어내는 수술을 받을 수도 있고 결과에 따라서 항암치료나 방사선치료도 필요 없다는 건 나중에야 알았다. 그저 처음에는 내가 암 환자고 죽을 수도 있다는 사실에 지독한 외로움을 느꼈다. 기쁨과 고통을 함께 나눌 수 있다는 말은 뭔가. 누구에게도, 어떤 상황에서도 죽음 앞에 선 외로움은 덜어지지 않을 것만 같았다. 모르겠다. 그때 느꼈던 외로움이 무서워서였는지는. 죽음 앞에서 나는 무엇이 무서웠을까? 아직은 대답할 내공이 쌓이지 않았다.

누군가는 말할 것이다. 항암치료를 안 받은 사람은 암 환자로 안 친다고. 그걸 농담이라고 할 사람은 없겠지만 말하고자 하는 뜻이 뭔지는 안다. 미친 듯이 정보를 캐던 시절 두려움을 키운 건 8할이 항암치료에 관한 것 때문이었으니 일견 동의하는 면도 있다. 항암치료를 안 하게 돼서 다행스럽다고 말하면 실례일까. 죽는 것보다 항암치료의 부작용을 견뎌내는 게 더 무서웠다고 해도 과언은 아닐 것이다. 그런 두려움은 유방암 0기에 양쪽 유방을 전절제하는 선택으로 나를 몰았다. 내게 중요했던 건 관념적인 가치가 담긴 유방 조직보다 항암치료를 안 할 수 있고 재발의 위험을 줄이는 것이 더 중요했기에, 상징성보다 두려움을 줄이자는 실익에 기운 선택이었다.

어떤 선택이 옳았는지는 아직 단언하기 어렵다. 사는 것이 그렇게 명확하게 구분되는 일도 아니고 그건 이렇게 중요한 선택 앞에서도 마찬가지다. 생각보다 병변이 넓게 퍼져있어서 어쩌면 옳은 선택이었을 수도 있고, 빈약하지만 그래도 내 것인 가슴 조직이 남아있도록 하는 것이 적절했을 수도 있다. 무엇도 확실하다 말할 수 없고, 누구도 쉽게 결론 내릴 수 없다. 그것은 의사도 해줄 수 없는 일이다. 나만이 알고 나만이 결론을 내릴 수 있는 무엇. 그런 막중한 책임감에도 불구하고 종종 이런 종류의 선택 앞에서 무기력함을 느끼곤 했다.

　전절제 수술을 하고, 1년 후 재건 수술을 마친 시점에도 확실한 것은 없었다. 어차피 인생이란 불확실함, 불완전함 투성이인 무엇이므로. 확실한 건 암 진단을 받은 전과 후의 나는 어딘가 달라졌단 사실이다. 신체적으로도, 정서적으로도 그렇다. 신체적인 변화는 예상했던 바다. 당연히 있다가 사라진 가슴에 대한 아쉬움 내지는 서운함, 그에 따르는 슬픔이 있을 것이고 그로 인한 호르몬 변화와 수술후유증 같은 것들.
　정서적인 변화는 미처 예상하지 못했던 바다. 주변 환경에 더 민감해지고 전에는 들어오지 않은 것들이 눈에 들어오기 시작했다. 나의 주변을 바꾸려는 시도를 하고, 스스로의 변화에 기뻐할 줄 알게 되었다. 종종 삶은 우리를 진창으로 빠지게 했다가 끌어 올리는 것이기도 하고, 그 와중에 미처 기대하지 못했던 열매를 던져주기까지 하는 모양이다. 만약 나를 암에 걸리게 한 결정적인 사건이나 선택이 있다면, 그 이전으로 다시 돌아가고 싶어질까 생각해 본다. 단번에 그렇다고 대답할 자신은 없다. 그렇다 해도 한 가지는 자신한다. 전보다 내 몸의 소리에 귀 기울여 선택할 것이라는 점. 어쩌면 그것이 뜻밖에도 달콤했던 열매인지도 모르겠다.

아프지만,
살아야겠어

Chapter 1.
알아차리기

죽음 앞에서 공평한 외로움

외롭다.

병원에서 돌아오는 길에 머릿속에 처음 떠올랐던 단어다. 단어의 뜻이 무엇인지 인식하는 순간, 깊은 곳에서 울음이 터져 나왔다. 버스 안인데. 그러거나 말거나 조금 울었다. 다행히 금방 가라앉는 울음이었다. 어쩌면 '받아들이자' 하는 다짐이 있었기에 가능했었는지도 모르겠다. 정신이 없는 와중이라 의식의 흐름이 어떻게 흘러갔는지 기억나지 않는다. 분명한 건 생전 처음 느껴보는 외로움의 감정에 아팠다는 것이었다. 몸이 아니라 마음이 아픈 거. 외로워서 아플 수도 있구나. 처음 느꼈던 날이었다. 그날은 내가 암에 걸렸다는 사실을 처음 알았던 날. 그날이었다.

아마 비슷하리라. 죽음이 자기 앞에 성큼 다가왔다는 사실을 알게 된 순간, 각자의 병명과 처한 상황은 모두 다르겠지만. 사람을 무너지게 만드는 외로움을 느끼게 되는 건 아마 같을 것이다. 죽음은 오로지 혼자 겪어야 하는 것. 그걸 피부로 느끼게 되는 순간의 감정. 오조 오억 개의 개별적인 죽음과 오조 오억 명 각자의 다른 감정. 죽음 앞에 외로움은 누구에게나 공평하다. 그걸 알았다. 그날.

내 안의 암 덩어리를 받아들이는 과정은 생각만큼 어렵지 않았다. 하던 일 덕분에 평소에 암 환자를 만나 이야기를 나눌 기회가 많았고. 다른 사람들에 비해 비교적 암이라는 병에 대해 잘 알고 있었고. 평소에 죽음이라는 주제를 놓고 생각할 기회가 다른 사람에 비해 많았다는 점 때문이었던 것 같다.

그렇다 해도 주변 사람들에게 소식을 전하는 일은 그다지 쉽지 않다. 이런 상황에 놓일 것을 미리 생각하고 사는 사람은 그리 많지 않을 것이기에. 미리 생각하고 산다 해도 상대방의 반응을 미리 예측하고 대비할 수 있는 길이 있을까 싶다. 대비할 수 있다고 자신해도, 뒷감당은 알 수 없는 일이다.

생각하는 것보다 암 환자의 일상은 지루하다. 죽음이라는 단계에 가까이 있기에 뭔가 드라마틱한 일이 벌어질 것이라고 기대한 것 또한 사실인데. 별로 달라진 것이 없다. 평소와 같은 하루, 가끔 찾아오는 슬픔의 파도, 주변 사람들의 폭풍과도 같은 관심.

사실을 말하면 사람들의 그런 관심을 받는 것이 달갑지 않다. 역할이라는 외피에 나를 가둬둔 것 같은 느낌이 들 때 정말 싫은데 가장 추레하고 어울리지 않은 옷을 하나 더 껴입은 것 같다.

우선 사람들 눈이 변한다. 순정만화 여주인공 같은 눈망울을 하고 나를 본다. 그들이 전할 수 있는 가장 따뜻한 최선이라는 걸 안다. 그런데 내가 원하는 것은 아니다. 때로는 그것만으로 충분할 때가 있다. 이건 어차피 위로할 수도 없는 것이고, 수술해서 떼버리는 것처럼 단번에 해결되는 것도 아니다. 우리가 사는 일상처럼 지루하고 더디게 흘러가고 한없이 기다려야 하는 일이기에.

평소에도 무언가를 설명하고 여러 번 반복하는 걸 극도로 싫어하던 사람이라 그런 점이 매우 힘들다. 그냥, 알겠다. 알겠으니 그 얘긴 그만하고 내가 통과하고 있는 일상에 대한 얘기를 하자. 내가 행여나 죽을 가능성이 몇 프로나 되는지에 대한 궁금증 같은 건 접어두고 함께 사는 동안 살아가는 얘기나 나누자고. 솔직히 말하면 내가 가장 하고 싶은 얘기는 그거다.

그러나 암 환자인 나는 충실히 역할을 해내고 있다. 병원에 다녀온 날이면 꼬박꼬박 경과를 전하고 사람들이 전하는 위로

와 격려의 말을 꾸역꾸역 받아 삼킨다. 그러면서 생각한다.

언제까지 이 짓을 견뎌낼 수 있을지 모르겠어.

내가 처음인 것처럼 그들도 처음일 텐데. 주변에 아무리 암 환자가 많다고 해도 나 같은 암 환자는 처음일 수도 있을 텐데. 조금 더 이해심을 발휘해야 하는 건지도 모르겠다. 그러나저러나 나 역시 암에 걸린 것이 처음이고 낯설기에 암 환자로서 가져야 할 덕목 같은 걸 갖추는 일이 미진할 수도 있으리라.

그래서 짠한 기분이 들기도 한다. 보통은 잘 느끼지 못하는 감정인데 암에 걸리고 나서 느끼게 될 줄은 미처 몰랐다. 원인을 모른다 해도 암에 걸린 나도 짠하고 그런 나를 바라보는 사람들도 짠하고. 우리 모두 짠하다. 그래서 조금은 덜어진다. 죽음 앞에 오로지 혼자라는 외로움이.

주변에서는 잘 받아들이고 있다고, 기특하다고 칭찬을 해주지만 가끔은 생각해 본다. 죽음을 받아들이는 단계에서 내가 어디쯤 와 있는지. 내가 생각하는 것처럼 모든 단계를 건너뛰고 수용으로 바로 간 것이 아니라 분노의 변형된 형태쯤 단계에 머물러 있는 것은 아닌지. '왜 나에게 이런 일이' 절망하면서 분노하는 행태가 각자 다를 수 있기에 살짝 의심이 들 때도 있다. 그

아프지만, 살아야겠어

러나 아직은 알 길이 없다. 뭐라 말하기에 이르다. 나는 이제 막 암 진단을 받았을 뿐이었다.

그래서 그저 맘속으로 말들을 주워섬긴다. '부디 고통으로부터 자유롭기를.' 평소에 명상을 하면서 되새기던 말인데. 그러고 보니 달라진 게 무엇인가. 기다리고 견뎌내고 지루하게 흘러가는 일상도 그대로고 고통을 피하려고 하는 마음가짐도 다 같은데. 또 한 번 묻게 된다. 대체 어제의 너와 오늘 네가 다른 게 무엇이냐고. 그러나 꼭 달라야 하냐고. 솔직히 고통은 피하고 싶지만, 이 질문은 오래도록 곱씹어 보고 싶다.

끝이 아니고 시작

　몸에 암세포가 퍼져있다는 사실을 알게 되는 과정에는 저마다의 이야기가 있다. 정기검진에서 발견되었을, 그나마 운 좋다고 할 수 있는 경우도 있고, 암이 한참 진행된 후에 발견돼 더 큰 절망감을 가져오는 경우도 있을 수 있다.

　내 경우엔, 수영이라는 운동이 계기가 되었다. 어릴 때 파도에 휩쓸리고 난 후에 물에 대한 공포증이 생겼고 부끄럽게도 그 뒤로는 튜브 없이 물에 못 들어가는, 그래서 자연히 물가를 멀리하는 사람이 되었다. 물론 튜브를 끼고 놀아도 즐겁지만, 베트남 나짱 해변에서 다섯 살쯤 된 러시아 남자아이가 멋있게 수영하는데 옆에서 튜브 끼고 즐거워라 하는 내 모습이 썩 괜찮아 보이진 않았다.

　그래서 제대로 수영을 배워야겠다는 생각을 했다. 거기에 더해 고래와 잠수부 사진을 본 후로 프리 다이빙이나 스노클링에

아프지만, 살아야겠어

대한 로망이 생겼고 그걸 이루려면 수영은 필수 코스였다. 어떻게 보면 충동적으로 시작한 운동이긴 했다. 뭐든 깊게 생각하면 몸이 움직여지질 않는 법이고 닥쳐야만 하는 특성이 작용한 결과이기도 했다. 어쨌든 그렇게 시작한 수영인데 한 가지, 더 거쳐야 할 관문이 남아있었다.

나는 초등학교 4학년 이후로 대중목욕탕에 가지 않았다. 이른바 탈의실 공포증 때문이었다. 그게 실제로 있는 것인지는 잘 모르겠지만 내게는 현존하는 공포였다. 다른 사람 앞에서 옷 벗는 것을 극도로 싫어했고, 다른 사람들이, 그것도 떼거리로 벗고 있는 모습은 차라리 무섭다고 해도 좋았다. 왜 이런 별난 공포증을 가졌냐고 묻는다면 할 말이 없다. 내 기억에 특별히 그럴만한 원인이 되는 사건 같은 건 없었던 것 같은데. 아니면 충격적인 사건이 있었는데 보호를 위해 무의식 한 켠에 그 사건을 묻어버렸는지도 모르겠다. 지금으로선 그냥 그게 싫었다고 할 수밖에. 어쨌든 수영을 하러 가거나 대중목욕탕에 가는 일이 없다면 일상에서 공포심의 한계를 시험할 기회는 없었다. 덕분에 평화롭게 살 수 있었지만 수영을 배우거나 즉흥적으로 바닷가 물놀이를 떠나는 일 따위는 불가능했다. 그동안은 그럭저럭 안정된 감정을 유지하면서 살 수 있는 정도였다.

그런데 막상 수영을 배우기로 결정을 하니 공포감이 닥쳐왔다. 나이를 먹어도 해결되지 않는 공포감. 어떻게 그걸 잊을 수 있었는지 지금 생각하면 믿기지 않는다. 그만큼 즉흥적인 결정이었다. 수영을 배우겠다는 결정이.

　처음에는 수영복을 입고 수영장에 갔다. 수영복을 입은 상태에서 샤워하고 수영장에 들어갔는데 첫날은 무사통과. 그런데 둘째 날에 수영 강사한테 걸렸다. 여름이라 입은 원피스가 생각보다 많이 파여져 있었고 수영복 어깨끈이 수영 강사한테 딱 보였던 것이었다. 탈의실 공포증이 있어서요. 그렇게 말할까도 잠깐 생각해 보았던 것 같다. 그러나 이내 수긍했다. 이번 기회에 이걸 고치는 수밖에 없어. 그런 생각이 잠깐 스쳤다. 죄송하다고, 탈의실 들어가서 벗고 샤워하겠다고. 탈의실 공포증 극복 프로젝트는 그렇게 시작되었다.

　자의 반 타의 반 시작한 프로젝트의 결말은 아직 정해지지 않았다. 일 년 정도 되는 동안 의기소침해질 만큼 싫은 날도 있었고, 어떤 날은 그럭저럭 괜찮기도 했다. 수영을 배우면서 수영장 물을 벌컥 들이켜는 일이 생기면서 다시는 수영복을 입은 채로 샤워하는 일은 하지 않게 됐다.

　완전히 극복하지 못했지만 좋아하는 걸 하기 위해 꾸역꾸역 참고 있다. 몸에 다양하고도 광범위한 콤플렉스를 장착하고 있는 사람인지라 탈의실이 더 두려웠는지도 모르겠다. 그걸 꼭 짚어내는, 족집게 과외 같은 어르신들의 명민함이 두려웠다. 그래서였다. 두려움을 조금이나마 상쇄해보고자 늘그막에 부유방 제거술을 하겠다고 결심한 것이.

내가 가진 여러 가지 콤플렉스 중에 그게 있었다. 불필요한 지방이 겨드랑이 부근에 불룩하게 쌓여 있어 민소매 옷이나 수영복을 입을 때 신경 쓰이게 하는 것. 출산 후에는 옷 안쪽으로 구겨 넣었는데 불시에 삐져나와 나를 당혹스럽게 만드는 것. 우리나라 여성 중 많은 수가 갖고 있다고 하는 그것.

평소에 불편한 정도는 아니었지만, 출산하고 난 후에 더 커진 것 같은 느낌이 들었다. 정작 가슴은 그대로였는데 말이다. 어쨌든 수영을 배우기로 한 김에 부유방 제거술을 받기로 결심했다. 흉터는 좀 남겠지만 차라리 흉터가 낫겠다 싶었다.

예상한 대로 부유방 수술을 위해 찾은 유방외과에서 초음파를 했고, 가슴에 종양이 있다는 것을 알게 됐다. 크기도 크지 않고, 상태를 보아하니 양성인 것 같으니 추적 관찰하는 것으로 충분하다는 얘기였다. 그래, 이 나이에 물혹 같은 거 하나 없으면 이상하지. 그렇게 호기롭게 의사의 진단 내용을 받아들였다. 여기서 끝이었으면 좋았겠지만, 사실은 그게 시작이었다.

되돌아올 수 없는 강을 건너다

사실대로 말하자면 암 진단을 받은 후 가장 싫은 걸 꼽으라면 하고 싶은 걸 못 하는 것, 그중에서도 수영을 한참 후로 미뤄야 한다는 거다. 수영 배운지 일 년도 안 됐지만 어떤 느낌이 있었다. '아무래도 내가 전생에 물고기였나 보다' 그런 생각이 들었다. 그만큼 수영장 물을 가르는 느낌이 좋았다. 돌아오는 여름에 필리핀 보홀에 가서 바다 수영도 하고 물고기들 실컷 구경하려고 했는데. 그건 언제가 될지 모르지만, 나중에 해야 할 일 리스트에 추가했다.

초음파 검사에서 조직검사가 필요하다는 것을 알았고, 맘모톰 조직검사에서 결국 암이라는 얘기를 들었다. 작지만 분명히 암이라고 했다. 다행히 초기라며. 이렇게 우연한 기회에 발견하게 된 걸 긍정적으로 생각하고 대학병원 가서 치료 잘 받으시라는 의사의 위로를 귀에 새겼다.

개인병원에서 한 검사는 대학병원에서 전부 다시 해야 했다. 이름도 낯설고 생소한 검사를 하는 데만 해도 하루는 걸리는 것 같았다. 아픈 사람들은 또 왜 이리 많은지. 정신없이 복도에 그려진 화살표를 따라가며 무슨 생각을 했는지 기억이 나질 않는다. 이 짓을 언제까지 참아낼 수 있을지 알 수가 없었다. 불합리한 시스템에 대해서도 할 말은 많지만 참기로 한다.

오진은 없었다. 예상한 대로, 머릿속에 그려보았던 그대로였다. 어차피 평생을 달고 살아야 할, 감당해야 할 짐인가보다. 그렇게 여기기로 했다. 언제부터 이렇게 긍정적인 사람이 됐나. 생각할 정도로 잘 받아들이고 있는 내 자신이 기특할 정도였다. 가족들이나 주변 지인들에게 소식을 알릴 일이 더 걱정이었다. 아, 제발 엄마가 우는 일은 없었으면.

이 또한 예상했던 대로 진행됐다. 가족들의 걱정은 대단했다. 아무래도 환자 앞에서 울면 안 된다는 교육이라도 받았나 보다. 슬픔과 걱정을 목구멍 안으로 밀어 넣는 모습이 그대로 전해진다. 직접 보지 않고 전화로 목소리만 듣는데도 알 수가 있었다. 뭐라 할 말이. 나라도 그랬을 것 같다. 힘내라는 말을 함부로 할 수 없다는 것이 그들의 말문을 닫게 했다. 나 또한 망설였을 것 같다. 내가 무심코 건네는 위로의 말이 가뜩이나 몸에 큰 병을 달고 있는 사람의 마음조차 다치게 할까 봐.

　가족들의 반응은 예상하는 그대로다. 슬프고 미치도록 걱정
되는데 울면 안 된다는 무언의 규칙을 깨지 않으려는 안간힘이
그대로 느껴진다. 알고 있다. 나도 그랬을 것이다. 어쩌면 내가
줄지도 모르는 상실감을 느끼게 될 날이 오면 그때는 지금 울지
못했던 것을 맘껏 토해낼 수 있을 것이다. 그걸 지켜보는 나로
서는 미안할 뿐이었다. 저 사람은 나를 배려하는 마음에 마음껏
슬퍼하지도 못하는구나.

　거기에 또 내가 무너지는 느낌이 든다. 그걸 또 나는 참는다.
내가 무너지면 저 사람도 무너진다. 본능처럼 알고 있었다. 그
렇게 무너지면, 매듭은 또 어색하게 웃음으로 지어야 하겠지.
나 괜찮아. 그런 말을 주워섬기겠지. 거기까지 생각하자 거짓말
처럼 슬픔을 미소로 가장할 수가 있었다. 그렇게 또 한고비를
넘겼다.

　너무 놀라서 소리를 버럭 지르거나. 그 자리에 멈춰서서 한
동안 움직이지 못하거나. 참다 참다 눈을 가리고 울음을 터뜨리
거나. 아니면 괜찮다고, 요즘엔 암도 관리만 잘하면 된다며 다
독이는 다양한 반응을 봐왔다. 소식을 전하는 당사자인 나는 다
양한 반응을 봤지만 내 태도는 한결같았다. 이 또한 교육이라도

받은 걸까. 환자가 보여야 할 마땅한 태도. 다른 사람이 지나치게 슬퍼하지 않도록 최대한 괜찮은 척할 것. 간혹 환자 앞에서 무너지는 사람이 있다면 부드러운 태도로 '괜찮다'라고 '나 안 죽는다'라고 얘기하며 달래줄 것.

뭐, 사람에 따라서는 별다른 반응을 보이지 않는 경우도 있었다. 그럴 때 관계 설정이 재부팅되는 것 같았다. 내가 저 사람한테 이 정도의 사람이었구나. 오히려 그런 사람들의 반응을 보고 더 슬펐다. 나의 불행이 그저 하나의 소식이나 뉴스로 소비되는 조금은 잔인한 광경. 세상이 그런 것을, 나 혼자 너무 진지하게, 순진하게 생각한 건지도 모르겠다. 그때부터 다짐했던 것 같았다. 소비되지 않으리라.

그러면서 글을 쓰고 있는 것이 어쩌면 모순으로 느껴질지도 모르겠다. 관계가 재부팅되는 현실이 달갑지는 않지만 필요한 것이기에. 그보다 그런 걸 느꼈다. 굳이 말로 하지 않아도 저 사람이 전하고자 하는 메시지가 무엇인지 알 수 있을 것 같은 경험 말이다. 메마르고 각박한 일상에서 겪을 수 있는 최상의 커뮤니케이션. 보이고, 들리고, 읽히는 것이 아니라도 전해지는 마음. 그건 아무나 할 수 있는 경험이 아니었다.

한 번 건너면 되돌아올 수 없는 강을 건넌 느낌이었다. 희한하게 아쉽거나 서운하지 않다. 나 좀 괜찮은데?! 자만심이 살짝 고개를 쳐들었다. 어쩌면 암 걸린 이래 '이건 썩 괜찮은데?!' 생각한 처음이었을지도 모르겠다. 앞으로 그런 일이 또 생길지 알 수가 없지만 말이다.

그렇게 암 환자가 거쳐야 할 한 가지 단계를 넘어왔다. 괜찮다. 지금까지는. 내가 예상한 궤도에서 크게 벗어나지 않았다.

뜻밖의 아이러니

　마음가짐 측면에서 암 진단 전과 후가 달라진 것이 없다고 한다면 외형적인 측면에서의 변화는 보다 극적이었다고 해야겠다. 의도하지 않은 가슴 크기의 변화가 있을 터였다.

　상피내암이지만 전절제가 불가피하고 그에 따라 재건술까지 해야 한다는 진단이었다. 문제는 평생을 함께 해온 내 가슴이란 게 의학적인 관점이 아닌 일반적인 기준에서 봐도 작은 편인데다 자가 조직으로 재건술을 하기에 내 몸에 지방이 부족하다는 의사의 소견. 그리해서 결론은 보형물 삽입이었다.

　진료실에서 하마터면 웃을 뻔했다. 병원에 가면 이상하게 암 환자의 역할에 충실하게 되는 나는 얼른 웃음을 삼켰지만, 눈치 빠른 의사라면 알아챘을 것이다. 눈이 웃고 있었다는 것을. 그러곤 이상하게 생각했을 것이다. 좋아서 웃는 건가, 웃겨서 웃는 건가.

사실을 말하자면 둘 다다. 뜻밖에 가슴 사이즈 변경이 이루어질 상황이 웃겼다. 이 나이에 무슨. 평생 아스팔트 껌딱지로 살아온 나는 우리나라 여성들의 평균 사이즈가 상대적으로 커지는 데 반해 점점 쪼그라드는 것 같은 기분으로 살아왔다. 처음에는 그럭저럭 80A로 버텨왔는데 어떻게 된 일인지 점점 헐렁해지는 기분이랄까. 아이를 가졌을 때도, 출산 후에도 젖몸살로 고통받는다는 게 어떤 아픔인지 도무지 알 수 없는 사람이었다. 고통을 받는 데에도 절대적인 사이즈라는 게 있나 보다. 그렇게 유머로 넘겼다.

그런데 암에 걸리고 나서 A컵에 딱 맞는 사이즈를 갖게 되다니. 삶이 전해주는 아이러니도 이런 아이러니가 따로 없었다. 역시 살고 볼 일인가.

물론 가슴이 크다는 게 꼭 좋은 일만은 아니란 걸 안다. 가슴 사이즈가 큰 친구들은 우리나라에 맞는 사이즈가 없거나, 사이즈는 있어도 디자인이 한정돼 있어서 미국 같은 나라에 여행 가면 사 와야 할 필수품 중의 하나가 브래지어였다. 그래도 나보단 네가 낫지. 무슨 근거로 그리 생각했는지 모르겠지만 한국 사회에서 가슴 크기에 관한 농담은 여자들 사이에서는 꽤 잘 먹히는 우스개 중 하나였다. 남자들의 성기 사이즈 농담쯤 되려나.

어디까지나 농담의 영역이다. 솔직히 말해 가슴 크기에 대해 불만은 없다. 오히려 사춘기 시절에는 가슴이 나온 게 싫어서 압박붕대를 감고 다녔을 정도였으니까. 그때 몸을 학대한 결과 남들에게 농담거리로 전락한 사이즈로 앙갚음 된 것이 아닐까 생각하기도 했다. 그때부터였다. 내가 몸에게 미안해하고, 내 몸의 이야기를 들어야겠다고 생각한 것이.

한국 사회에서 몸에 대한 이슈는 남녀노소를 가리지 않는다. 내가 수술대에 올라야 하는 입장에서 성형수술에 대한 비판적인 견해를 밝힐 생각도 없다. 이전에는 성형에 대해 생각해 본 적도 없고, 성형을 하는 사람들을 비판한 적도 없었다. 그럭저럭 내 몸에 대해 적당히 타협하고 살아온 나도 이럴진대 다른 사람들은 오죽할까 싶기는 했다.

젊은 여성들은 젊다는 이유로 끊임없이 자신의 외모에 대해 검열을 받아야 하고, 늙은 여성들은 늙었다는 이유로 외모에 신경을 써야 했다. 상황에 따라선 상당히 이율배반적인 요구도 있었고(몸은 말라야 하는데 가슴은 커야 한다는 등), 모멸에 가까운 반응을 동반하는 관점도 상당히 많았다.

여전히 그에 관한 담론은 현재 진행형이지만 다행히 문제의식을 느끼는 사람들이 많아지고 있다. 나 역시 오래전부터 관련

해서 공부도 하고 생각을 정리하기도 했지만, 나의 영역이 아니기에 그에 관한 서술은 더는 하지 않기로 한다. 다만 내 몸의 목소리를 듣는 일의 중요성에 관해서는 얘기하고 싶다.

어쩌면 그것이 핵심일지도 모르겠다. 나로서는 내 몸을 학대한 결과 암이라는 진단을 받게 되었다고 생각하고 있기 때문에. 몸이 지르는 비명을 듣고 있으면서도 외면해온 결과라는 것을 뼈저리게 느끼고 있기 때문에.

암에 걸렸다는 사실을 처음 알았을 때 내 몸에 대해 든 생각은 미안함이었다. 내가 너를 이리도 괴롭혔구나. 물론 암에 걸린 객관적인 이유 같은 건, 모른다. 식습관이나 음주, 스트레스 중 하나일 수도 있고, 모두 다일 수도 있다. 외부적인 요인에 의해 스트레스를 받았고 그것이 원인이었다 해도 결론은 같다. 내가 나를 괴롭혔다는 것. 외부에서 받은 스트레스를 제대로 통제하고 해소하려고 하지 않았다는 것. 어쩌면 그런 시도조차 하지 않았다는 것. 그때는 내가 암에 걸릴 줄 몰랐으니까.

이렇게 어리석다. 나란 인간이. 죽음에 대해 통찰하고자 책을 읽고 생각을 정리한다고 했건만 정작 내 몸이 내지르는 비명은 무시한 사람이다, 내가. 그저 관념으로만 죽음을 생각했지, 실체로 다가올 수 있다는 가능성은 간단하게 무시해버린 것이다. 어이없게도 아직은 시간이 있다고, 운명이 기다려줄 것으로 생각해온 것이다.

그렇다고 해도 스스로를 비난하지 않는다. 암은 한 번 걸린 걸로 족하기 때문이다. 몸이 그렇게 말하고 있다.

이제야 좀 실감이 나는 걸까

　암 진단에도 별다른 슬픔이 없던 내가 나 스스로도 이상해서 '내가 사이코패스인 걸까?'하고 친구들에게 물으면 '아니'라는 대답이 다급하게 돌아온다. 정유정의 『종의 기원』을 읽으면서 주인공인 사이코패스에게 심하게 감정이입이 되었는데도? 그래도 사이코패스는 아니란다. 그걸 왜 궁금해했냐 하면 나보다 주변에서 내 발병에 대해 더 마음 아파하고 전절제를 했다는 사실에 측은해한다는 점 때문이었다. 사람들은 하나같이 '여성성의 상징'이라는 말로 안타까움의 서두를 열었다. 유방암 환자를 대하는 매뉴얼이 있다면 프롤로그 정도에 들어가도 될 표현인가 보다. 다들 그렇게 쓰는 걸 보면.

　여성성에 대해 별로 생각해 보고 싶지 않은 나는 그냥 '그런가 보다' 하고 넘겼지만 절대로 그냥 넘길 수 없는 것들도 있다. 이를테면 일상에서 겪어야 하는 상실감이나 불편함 같은 것들.

아프지만, 살아야겠어

수술 후에 머리를 절대 높이 묶을 수 없다거나 싱크대 2층에 있는 물건은 겨드랑이가 찢어지는 아픔을 감수하지 않으면 꺼낼수 없다는 것. 게다가 오십견과 석회성건염 같은 수술후유증을 견뎌야 했다는 것도 있었다.

좋아하는 운동을 하지 못하는 것에 비하면 불편하고 짜증 나고 가끔 좀 창피한 정도다. 가끔 어떤 날은 화가 나기도 한다. 내가 왜 유방암까지 걸렸는데 수영까지 못해야 해. 할 거야. 누구에겐지 모를 화를 쏟아내면서. 사람들의 시선을 조금이나마 수월하게 견뎌낼 수 있도록 수영복 안에 입을, 샤워하면서도 입고 있을 브라 탑 같은 걸 검색하고 있다. 그러다가 화가 가라앉음과 동시에 불현듯 깨달음의 시간이 찾아온다. 어차피 탈의실에서는 벗어야 하잖아. 라커 운이 나쁘면 누군가는 시퍼런 칼자국과 유두 없는 가슴을 구경하게 되겠군. 그나마 수영복을 입으면 가려지는 상처지만 림프를 떼어낸 겨드랑이 칼자국은 수영장에서도 보일 터였다.

그걸 견딜 수 있을까. 아직 수술한 지 두 달도 안 됐으니, 그정도 상처가 있을 때는 좀 쉬어 주라는 뜻 아닐까. 그렇게 생각하던 끝에 어느 날에는 감정이 북받쳐 올라왔다. 암 걸렸다는 얘기 듣고도 이렇게는 안 울었는데. 통제가 좀처럼 안 될 정도다. 암이라는 얘길 처음 듣고 3개월 만에 수술하고 두 달이 지난, 이제야 실감이 파도처럼 밀려오고 있다. 그것도 다소 잔인한 방법으로 말이다.

사람마다 웃음 포인트가 다르듯 슬픔을 느끼는 지점도 다르다고 생각한다. 내 경우에는 실질적인 부분에서 좌절감을 느끼고 통제가 안 된다고 여겨질 때 화가 나거나 슬퍼지는 케이스다. 암 판정이라는 건 다소 관념적인 슬픔이었다. 그래서 주변 사람들이 보기에 '씩씩하다'라고 느낄 정도로 감정을 조절할 수 있었던 것이었다. 그러나 일상에서 제약을 느끼거나 좌절을 하게 되면 감정이 터진다. 수술 상담을 할 때 맨 처음 질문했던 것도 '언제 수영을 할 수 있냐'는 거였다. 덕분에 수영선수냐(이 나이에?)는 물음이 되돌아오기도 했다. 스스로 잘 알기 때문에 할 수 있는 질문이었다. 수술 회복? 당연히 열심히 할 거고, 먹는 것도 잘 챙겨 먹을 건데. 일상으로 복귀하는 것의 지표 같은 것. 수영을 언제 할 수 있냐는 질문이 그래서 중요했던 거였다.

수술 후 컨디션을 묻는 사람들에게 '수영을 못 해서 죽을 것 같다'라고 하면 대체로 비슷한 반응이 나온다. 그 정도면 괜찮은 거네. 근데 아니다. 아니라고 항변하고 싶지만 참아야 하니까 참는다. 수력을 말하자면 수영선수도 아니고 시작한 지도 그리 오래되지 않았다. 꼭 수영이라서가 아니다. 매일 아침 하던 요가도 제대로 할 수가 없다. 암 환자를 위한 요가 동작이랍시고 비슷한 것들을 하면서 달래고 있는 정도다. 수영이나 요가로 대표되는 일상의 루틴들. 그게 방아쇠다. 바로 딱 거기가 내 슬픔이 터지는 지점인 것이다.

수영을 못하고 어설픈 요가 동작도 해낼 수 없는 내가 가엾다. 아이들과 함께 어린이 풀에서 발차기로만 허기를 달래는 스스로가 가엾다. 팔 동작을 하고 싶어서 미칠 것 같은 기분에 스트로크를 해보았지만, 겨드랑이를 도려내는 아픔을 느낀 후로 다시는 안 한다. 몸으로 안다. 아직 무리인 것을.

이런 슬픔은 장례식에 가면 느끼는 것과 좀 비슷한 것 같다. 장례식에 가면 형식적인 절차나 계산된 눈물 같은 것을 느끼게 될 때가 있다. 그럴 때 죽은 자가 정말 이런 의례를 기대했을까 싶어지는 것이다. 산 자로서 먼저 떠난 이를 애도하는 일은 중요하다. 그러나 장례식이라는 형식을 빌려서 한다는 것은 왠지 작위적이고 형식적이라는 느낌을 지울 수가 없는 것이다. 그래서 장례식에서 별로 안 슬프다. 그보다는 내가 일상을 살면서 문득 죽은 이가 떠오를 때, 그럴 때가 정말 슬프다. 이거 누구누구가 잘 먹던 건데. 누구누구가 이런 얘길 했었지. 아, 나 저기 누구누구랑 가봤던 곳인데. 그러면서, 운다. 그런 일이 반복되면서 비로소 실감한다. 그 사람이 정말 없구나. 내가 무슨 짓을 해도 그 사람과 다시는 함께 할 수 없구나. 그렇게 슬퍼하고, 운이 좋으면 애도라는 게 가능해진다.

암입니다. 의사의 말을 들었을 때 실감하지 못했던 것을 이렇게 또 제대로 느끼고 있다. 여기에 옳고 그른 건 없다. 어떤 식으로든 애도의 과정이 필요한 것처럼 암 환자로 살아가는 법도 제대로 겪어내고 싶다. 스스로에 대한 연민이나 슬픔이 꼭 필요하다면 그렇게 해서라도.

어떤 날은 맞고, 어떤 날은 틀리다

암 제거 수술 후 상처가 아물고 느껴지던 통증이 가라앉자 다른 것들이 눈에 들어오고 다른 곳이 아프기 시작했다. 우선 평소에도 좋지 않았던 오른쪽 팔이 수술 후 입원 기간 동안 그대로 굳어버렸다. 흔히 하는 말로 오십견. 물리적인 나이상 오십과는 거리가 좀 있지만, 몸에 세월의 더께가 먼저 내려앉았다. 자다가 악 소리를 내면서 깰 정도로 아프다.

두 달째 도수치료를 받으러 다니고 있지만, 상황이 만만치 않다. 림프부종을 걱정해야 하는 처지라 공격적인 치료도 불가능하고 주사를 함부로 맞을 수도 없다. 도수치료는 살살 해도 아프다. 나아지는 속도는 생각보다 느리고 더디다.

그래도 나아져서 다행이다. 이만하길 다행이다. 만일 이 상황에 항암치료를 받아야 하는 상황이라면. 알기에, 너무나 잘 알고 있기에 감사한 마음이 절로 든다. 어깨와 팔 통증이 심하다고는 하지만 적어도 일상생활은 가능하니까. 무너지는 멘탈을 붙잡아야 할 정도로 가라앉는 날이 생각만큼 많지는 않으니까.

그럼에도 사는 게 쉽지는 않다. 누구에게나 마찬가지겠지만 커다란 이벤트를 통과하고 난 후 일상으로 돌아오는 일이 녹록지 않다. 아무리 긍정적으로 생각하려 해도, 암과 함께 같이 찾아온 무한긍정의 힘은 서서히 약발이 떨어지기 시작한다. 그런 이에게 남는 건 일상의 무료함과 수술 후 후유증으로 찾아온 몸의 고통. 이만하길 다행이라고 아무리 되뇌어 봐도 말은 공허의 언저리를 맴돈다.

암 환자에게도 삶의 균형을 유지하는 것은 무엇보다 중요한 숙제다. 전보다 시간이 좀 많아졌다고 마음마저 자동으로 여유로워지는 것은 아니다. 어떤 경우에는 시간이 많아졌다는 것이 약이 아니라 독이 될 수도 있다. 차라리 바빴으면 좋겠다 싶을 때가 있다. 머리는 복잡한데 몸이 고단하질 않으니 일상이 고단해진다. 섣불리 몸을 괴롭혔다간 어떤 식으로 내게 돌아올지 알 수 없으니 함부로 움직일 수도 없다. 통증이라는 녀석이 나를 잘 길들여 놨다. 마음에서 아우성 소리가 들린다. 아픈 거 싫어. 정말 당분간은 고통이나 아픔이 없었으면 좋겠다. 당분간이라도.

요즘에 문제가 되는 청소년들을 비롯한, 자해하는 사람들에 대해서 생각해 본다. 그들이 자기 파괴적인 행위를 하는 이유는 살고 싶다는 비명과 다르지 않다고 생각했다. 살고 싶은데 왜 자기를 아프게 하고 다치게 하나. 언뜻 모순된 것처럼 보이는 행위에도 이유는 있다. 말로 할 수 없는 것을 표현하는 방법에 여러 가지가 있겠지만 그들은 자신을 해하고 고통을 주는 방법을 택했다.

처음에 나는 이들이 고통을 통해 스스로 살아있다고 확신하고 싶은 거라고 생각했다. 날카로운 것이 내 몸에 닿았을 때 느끼는 감각과 피를 내는 데서 오는 아픔과 희열이 공존할 것이라고 막연히 생각했다. 생존을 위해 존재하는 방어기제는 일견 유익하게 여겨지기도 하지만 무감각의 고착화라는 부작용이 함께 올 수 있기에. 그에 대한 반작용으로 스스로 가하는 감각 깨우기 같은 것. 그로 인해 본인에 대한 존재감은 덤으로 얻을 수도 있겠다고 여겼다.

좀 달리 생각할 때도 있지만 이들이 원하는 것은 궁극적으로는 죽음이 아니라는 데는 동의할 수 있으리라. 죽고 싶어서 자해하는 이는 없을 것이다. 고통은 공평하고 절대 익숙해질 수 없는 것이다.

길리언 플린의 『몸을 긋는 소녀들』의 주인공은 몸에 글자를 새겨 넣는 식으로 자신에게 상처를 준다. 그 결과 그녀의 몸은 손이 안 닿는 등의 한 가운데만 빼고 단어로 뒤덮이게 된다. 글자를 몸에 새기는 행위라니. 상처가 아물고 문신처럼 각인된 글자를 보며 그녀는 무슨 생각을 할까. 적어도 멋있어 보이려고 하는 행위는 아닐 텐데. 그러고 보면 나를 주저하고 기죽게 만드는 가슴의 수술 자국은 아무것도 아니라는 생각마저 든다. 어쨌든 암 덩어리를 잘라냈으니 나는 이제 몸도 마음도 건강한 사람이라고 말할 수도 있을 것이다. 그런데 과연 그런가.

어떤 날은 맞고 어떤 날은 틀리다. 날씨가 변화무쌍한 것처럼 사람의 기분도 그렇다. 괜찮은 날도 있고 이유 없이 화가 나고 분통이 터지는 날도 있다. 감정도, 기분도 내가 아니라고 했던가. 머리로는 이해하면서 실생활에 적용하기는 힘든 말 중 하나다. 하지만 맞다. 고개를 끄덕일 수밖에 없다.

죽음 앞에 평등한 것처럼 삶 또한 그렇다. 암 환자에게도 맑은 날이 있고 흐린 날도 있다. 몸의 상처가 아물기 시작하자 나는 이제 마음의 상태를 걱정해야 하는 처지가 됐다. 지인들은 눈치를 보며 내가 우울함에 시달리고 있지는 않은지, 정도가 심각한지 살피려 들지만, 오히려 묻고 싶다. 당신은 늘 괜찮냐고. 나 역시 당신처럼 즐거운 날도 있고 아픈 날도 있고 우울감에 빠져 허덕거리는 날도 있다고. 내 삶의 고단함은 오롯이 나의 몫이다.

　이런 것들이 암 환자들이 사회에 복귀하면서 느끼게 되는 감정일 것이다. 과정은 현재 진행형이지만 수술 이전과 이후에 달라진 것은 사실상 별로 없다. 주변의 반응만 눈에 띄게 달라졌다. 이쯤 되면 우리는 눈치 게임을 하는 것인지도 모르겠다. 내쪽에서 감정을 폭발시켜야 끝나는 게임 말이다.

환자 1에게 닥친 또 다른 어려움

수술한 지 3개월이 지나자 병이 도지기 시작했다. 집에 가만히 쉬고 있으면 나는 병 말이다. 잘 쉬어야 한다고, 몸에 좋은 음식을 잘 챙겨야 한다는 원론적인 얘기부터, 암 환자가 꼭 먹어야 하는 음식 등 주변의 '카더라'에 가까운 이야기를 듣고. 한 귀로 흘리면서 내 방식대로 내 몸을 돌보기 시작했다. 그 결과 전에 없이 건강해지고 전보다 훨씬 더 생기 있는 모습을 하게 됐다. 오랜만에 만난 지인들은 '요새 뭐 하길래 얼굴이 그리 좋냐' 한다. 암에 걸렸고 수술을 했고 그러는 바람에 이렇게 됐노라고는 차마 말하지 못한다. 10년 전에도 듣지 못했던 피부 좋다는 얘기까지 듣고 산다. 그럴 때마다 대답을 고르느라 고심한다. 몸에 나쁘다는 거 안 했더니 이렇게 됐다는 게 나로서는 가장 솔직한 대답이다.

사실상 그렇다. 면역력을 높여 준다는 채소액을 마시기도 하

아프지만, 살아야겠어

고 물을 많이 마시려고 물맛을 좋게 한다는 레몬칩까지 넣는 노력도 한다. 비타민C를 암 자연치유에 이용한다는 유튜브 영상을 보고는 매일 비타민C도 챙겨 먹는다. 한 잔씩 하던 술과 야식도 끊었고 가능하면 밀가루 음식을 먹지 않으려고 노력한다. 과식하지 않으려고 위를 줄이는 노력을 한 덕에 살도 조금 빠졌다. 잠도 잘 자려고 의식적으로 카페인 섭취량을 조절하기도 하고 밤에는 전자기기를 멀리하기도 했다.

나름대로 잘 지내면서도 할 수 없는 게 한 가지 있었다. 그건 바로 운동. 양쪽 가슴 전절제에, 림프를 떼어냈기 때문에 팔을 올리거나 무거운 것을 드는 것은 철저하게 금하고 있었다. 어차피 한 달이 되기 전에는 스스로 샤워를 하는 것도 힘에 부칠 정도로 팔에 힘이 없기 때문에 운동할 생각은 안 난다. 게다가 나도 모르는 새 회전근개 파열이 있었는지 퇴원한 후 오른쪽 팔과 어깨에 통증이 심각했다. 정형외과 진단 결과 오십견과 석회성 건염이 있다는 것이다.

암 수술 때문에 병원에 입원해 있을 때는 몰랐다. 수술한 후 하루에서 이틀 정도는 절제한 상처 때문에 움직이고 싶은 생각이 1도 안 든다. 움직이면 당연히 아프고, 몸에 힘을 줄 수도 없다. 모든 감각이 고통에만 반응하는 것 같다. 맞고 있는 마약성 진통제의 효과가 없어질까 봐 공포에 시달리며 최대한 안 움직이도록 몸을 쓴다. 그렇게 조심했던 결과 나이와 어울리지 않는 오십견이 급성으로 왔다는 것이 정형외과 의사의 결론이다.

이쯤 되니 억울함이 스멀스멀 올라온다. 암에도 걸렸는데 오십견 정도는 그냥 대강 지나가게 해주면 안 되나. 뭐 이렇게 하나하나 다 챙겨 먹으려고 하나. 누구에게인지 모를 원망을 풀어 놓으며 통증이 기적처럼 가라앉기를 기다렸다. 기적이란 놈은 정확하게 나만 비껴가는 모양인지 온갖 푸념 끝에 도수치료를 받으러 다니는 일상이 시작됐다.

오십견의 정확한 병명은 동결근. 유방암 수술을 한 환자들이 가장 흔하게 겪는 증상 중 하나다. 정확한 원인은 알려지지 않았고, 도수치료도 하고 물리치료도 하고 수술적·비수술 치료가 가능하다. 간혹 엄마 지인 중 누군가가 오십견이 있어서 치료를 받으러 다닌다는 얘기는 들었지만, 나이 오십이 되면 오는 거라서 그렇게 부른다는 얘기는 처음 알았다. 오십은 아직인데. 생각해 보니 좀 더 억울하다.

그런데 내게는 또 다른 문제가 있었다. 암 수술 후 병원에서 퇴원하면 다짐을 받듯 주지시키는 얘기가 하나 있다. 수술한 쪽 팔은 혈압 재는 것도 조심해야 하고, 예방주사를 맞는 것도 피해야 한다는 것. 불가피하게 채혈을 할 때도 수술한 쪽 팔은 피해서 해야 한다는 것이었다. 림프부종이 올까 봐 조심하라는 얘기인데 림프부종이 오면 보기도 괴로울 뿐만 아니라 병원에서 딱히 해줄 수 있는 치료가 없다는 것이었다. 실제로 림프부종이 온 사람들 사진을 보면 정말 조심해야겠다는 생각이 절로 들기는 한다.

내 경우는 양쪽 전절제라 조심해야 할 팔이 양쪽 다였다. 암 수술하러 병원에 있을 때도 수술할 팔을 보호한다는 명목 아래 발등에다 혈관을 잡아서 행동하는 것이 여간 불편했던 것이 아니었다. 며칠 후 다른 쪽 발에 다시 혈관을 잡다 실패해서 종아리 부근에 혈관을 잡았고 바늘을 꽂았던 자리는 퇴원 후 몇 주가 되도록 시퍼런 존재감을 발휘할 정도였다.

그러니 오십견 치료를 적극적으로 받을 수도 없는 처지였다. 게다가 말이 오십견이지 이 통증이란 게 나로서는 처음 느껴보는 종류의 통증이어서 삶의 질이 엉망이 됐다. 오십견이 습관 하나까지 바꿀 정도였다. 평소에 팔짱을 잘 끼는 편인데 한쪽 팔의 통증이 심해서 팔짱을 끼는 게 불가능할 정도였다. 자다가 자세가 잘못되면 날카롭게 파고드는 통증 때문에 잠을 깨는 일도 다반사였다. 아침에 일어나면서는 악 소리가 절로 나왔다. 그리고 보니 암 수술받기 전의 나와 그 후의 나는 참 많은 것이 달라져 있었다.

내 경우는 암이 양쪽 가슴 둘 다에 퍼져있는 경우지만 전절제가 아니라 부분절제를 할 수도 있었다. 어떤 면에서 보면 예방적인 차원, 선제적 치료의 하나로 전절제를 한 경우라 항암치료와 방사선치료가 필요 없다고 했다. 나이가 비교적 젊은데다 병변이 넓게 퍼져있을 가능성, 가슴의 사이즈 등 여러 가지를 고려해 수술 전에 전절제하기로 결정했다. 막상 뚜껑을 열어보니 그 선택이 옳았다는 것을 알았다. 어떻게 보면 운이 좋은 것이라고 할 수도 있는데. 그 운이 명을 다한 건지. 다시는 알고 싶지 않은 고통이 오십견이라는 이름으로 찾아온 것이었다.

　물론 항암치료를 안 하게 돼서 다행이라고 생각하고 감사해야 할 일이라는 걸 안다. 이 와중에 항암치료까지 하게 되었다면. 이렇게 한가하게 키보드를 두드리며 글을 쓸 수 있었을지 장담할 수 없다. 그런 과정을 모두 겪어야 하는 환자들이 있다는 걸 알고 있기에 어쩌면 내 억울함은 그저 발목에 찰랑거리는 물웅덩이 정도에 비유할 수 있을 것이다. 그리고 다른 쪽에는 깊고 깊은 심연에 빠져 허우적거리는 사람도 있고 말이다. 안다고 말하지만 내가 결코 알 수도 없고, 경험치 레벨 올리기를 인생의 목표로 삼고 있는 나 같은 사람도 결코 알고 싶지 않은 심연. 그들에게 과연 억울하다고 토로할 수 있겠는가. 그렇지 않은 경우는 그냥 닥치고 있는 것. 그것이 지금까지 내가 터득한 원칙이다.

　　　　　　　　　　　　　　　　　　아프지만, 살아야겠어

멍의 기억

깨어난 후 전에는 없던 시뻘건 멍이 생겨나 있었다.

유방 재건술은 암 수술이 아니라 그런지 전에 비해 수월하다는 느낌을 갖게 된다. 성형외과 교수님이 들으면 항변할 일인지는 모르겠으나 환자 본인이 갖는 느낌도 그렇고, 병원에 입원했을 때 의료진이 대하는 태도를 봐도 그런 느낌을 갖게 한다. 하긴 불평할 처지가 아니다. 의사들 파업이 일어나기 바로 전에 수술을 마치고 처치까지 고스란히 받고 있는 걸 보면 2020년 운은 이번에 다 쓴 거 아닌지 모르겠다.

입원 기간만 봐도 며칠 짧다. 절제술 할 때는 꼬박 일주일을 입원했는데(퇴원하는 날 갑자기 열이 올라 퇴원을 못 한다는 걸 폭풍 운동으로 열 내리게 해서 컨펌 받고 겨우 퇴원한 적 있음.) 이번에는 딱 4일 입원했다.(하루 더 있으라고 했으나 이번에도 집에 간다고 우김. 이날 전공의들이 없어서 군말 없이 퇴원시켜줌.) 통증의 강도는 뭐, 말할 것도 없다.

사실 통증을 느끼는 게 개인차가 있어서 일반화하기는 어렵지만, 나처럼 완전 절제술을 한 경우에 재건술을 할 때는 통증이 거의 없다고들 한다. 아니라고 하는 사람도 물론 있다. 자기는 엄청 아팠다면서. 내 경우는 원래 통증에 좀 둔감한 편이어서 절제술 했을 때도 아프다는 말없이 지내서 칭찬을 들을 정도였다. 아픔이 느껴지긴 했지만, 진통제도 맞고 있는 상태였고, 견딜만한 정도였다. 아프다기보다는 불편한 느낌이랄까. 아무튼 둔한 걸로 칭찬받기는 난생처음이었다.

그렇다 해도 실은 수술 후 깨고 나서의 두려움이 아예 없는 건 아니었다. 전처럼 폭풍 같은 통증이 밀려올까 봐, 혹은 내 몸인데 제어할 수 없는 몸의 떨림(shivering이라고 하고 주사 한 방이면 가라앉는다.)이 있을까 봐 겁이 났다. 수술에 들어가기 전의 긴장감보다 수술 후에 겪게 될 느낌이, 한 번 경험해봤기에 아는 것들이 더 무서웠다.

그런데 이번에는 폭풍같이 밀려오는 통증도 없었고 떨리는 증상도 없었다. 다만 회복실 간호사가 내 이름을 반복해 부르면서 '주무시면 안 돼요' 했다. 처음엔 '무슨 소리지?' 싶었다. 수술 후 깨웠는데도 계속 잠이 들었나 보다. 환자로 있다 보면 이

아프지만, 살아야겠어

정도의 민망함은 별거 아닌 일이 된다. 약간의 민망함을 가볍게 털어내고 자꾸 자고 싶은 이유를 생각하다 그 와중에 꿈을 꾸었다는 걸 알게 됐다. 잔디밭이 넓게 펼쳐진 곳으로 소풍을 가는 꿈. 영화에서 보던 것처럼 하등 쓸모가 없어 보이는 패브릭 돗자리를 펴고 사람들과 둘러앉아 소풍을 즐기고 있는 장면이 기억났다. 왜, 대체 왜… 이 꿈은 뭘까.

평소에 꿈을 자주 꾸는 편이고 꿈이 주는 메시지에 대해 곱씹는 나는 회복실에서 지루함을 달래고 통증을 잊을 수 있는 일이 생겨 기뻤다. 이날 따라 수술 환자가 많아서(알고 보니 전공의들이 다음 날부터 없을 예정이어서 이날 수술을 몰아서 했는지 이동을 해줄 손이 부족해 대기 시간이 기본 1시간이었다.) 1시간 넘는 시간 동안 회복실에 누워있으면서 살풍경한 병원보다 꿈이 주는 메시지에 집중했다. 그렇게 시간을 보내도 더는 할 일이 없어진 나는 옆자리에 다닥다닥 붙어 누워있는 다른 환자들을 지켜보면서 다짐했다. 퇴원하자마자 머리부터 한다. 미용실에 가자.

이 무슨 뜬금없는 전개인지 모를 일이지만 평소에 워낙 그런 일이 많은 사람이니 그러려니 했다. 미용실이라면, 그동안 발길을 끊은 지 아마 5년은 됐을 것이다. 물론 머리 기장을 줄이기 위해 가기는 했지만, 염색이나 펌을 하지 않은지 그 정도는 되었을 것이다. 미용실 가면 '파마하신 지 얼마 되셨어요?'하고 물어볼 텐데. 좀 민망할 만큼 오래 안 갔지, 싶었다. 왜 안 갔냐 하면 머리가 점점 얇아지고 곱슬이 심해지고 출산 후 빠졌던 머리가 뜬금없이 몇 년이 지났는데 갑자기 나기 시작했고 그것도 전에 없이 곱슬곱슬한 형태로 나기 시작해서 정말 까치집이 따로 없을 정도였다. 그런 이유로 파마를 해봐야 별 소용이 없을 테니 안 했던 것인데 그게 점점 길어지다 보니 5년이 넘었던 것이었다. 게다가 나이가 들면 호르몬의 영향으로 머릿결도 달라진다. 내 경우의 변화는 좀 극적인 편이었다. 긴 생머리의 찰랑거림은 어디로 가고 머리카락 한 올 한 올이 다른 방향으로 존재의 증명을 해대는 곱슬머리로의 변화. 호르몬이 참 열일 한다는 걸 몸소 체험하는 중이었다.

어쨌든 왜 이런 식으로 생각이 흘러갔는지 모르겠다. 꾸밈 노동에 별로 적극적이지 않았던 내가 주삿바늘을 주렁주렁 달고 수술실에서 깨어나자마자 왜 머리를 해야겠다고 생각하게 된 것일까. 어렴풋이 그런 생각이 들었다. 이제 몸에 있던 암 덩어리도 떼어내고 없어졌던 가슴도 새로 생겼으니 잘 살아봐야겠다? 사실 이게 끝이라고 생각하지는 않는다. 외과적으로 암 덩어리를 떼어내긴 했지만 그건 어디까지나 내 생각일 뿐. 암의

아프지만, 살아야겠어

진행 방식이나 의도는 누구도 알 수 없다. 그동안 여기저기에서 주워들은 얘기로 내린 결론은, 한 번 암이 생긴 사람은 재발하거나 다른 곳에서 원발암이 생길 위험을 늘 안고 살아야 한다는 것이었다. 이유는 모르지만 그렇다. 내 경우에 유방암에 다시 걸리기는 어렵겠지만 다른 곳에서 암이 생길 위험은 다른 사람보다 높다고 보고 조심해야 했다. 그러니 앞으로 암에 걸리지 않도록 평생 관리하면서 살아야 한다는 것. 수술실에 누워서 이비인간적인 풍경에 일조하고 싶지 않다면 조심할 것. 그러니 미용실에 가서 염색도 하고 머리도 볶고 지지고 하는 삶을 살 것. 왜냐하면 암 환자들은 미용실에서 염색이나 파마는 잘 안 하게 된다. 가발을 맞출 뿐이다. 그러니까 미용실은 그런 의지의 표현이었을 지도 모르겠다.

그렇게 다짐을 하는 동안 시간이 흘러갔고 병실에서는 엄마가 나를 애타게 기다리고 있었다. 수술이 끝났는데도 올라오지 않는 이유에 대해 마음을 졸이며 곱씹고 있었을 터. 회복실에서 1시간 넘게 대기하고 있는 동안 시간은 각자에게 다른 결로 흘러갔다.

회복이 빠른 만큼 몸의 변화를 챙길 여유도 빨리 생기는 법이다. 그러니까 전에는 딱딱했던(조직 확장기를 끼고 있었으므로.) 가슴이 부드러워졌고 잃어버렸던 유두를 되찾았다. 그게 반갑냐고 한다면 사실 반반이다. 이게 한 50m 밖에서 봐도 '저 게 뭐지?' 할 정도로 좀 괴상하게 생겼으니. 조금 더 지켜봐야 알 일이긴 하지만, 아무튼 여기서 끝이 아니라 착색을 하는 과 정을 거쳐야 하니 섣부른 판단은 잠시 마음에 접어 두었다.

그렇게 오랫동안 의식에서 밀어 놓았던 몸을 살펴보는데 몸 을 묶어놓았었는지 팔 안쪽에 시퍼런 멍이 들어 있었다. 테이프 자국일까. 묶은 자국일까. 어쨌든 수술대에서 더 효과적으로 수 술을 당해야 하는 입장이지만 멍을 보고서는 감정의 결이 달라 졌다. 아무리 암을 유발하고 이 모든 상황을 초래한 게 내가 아 니라고 믿고 싶어도 그동안의 생활방식이나 습관에 대해 탓하 게 되는 순간은 이런 식으로라도 온다. 미안해. 어쩌면 피할 수 도 있었을 멍 자국을 보며 속으로 말했다. 멍은 일주일이면 사 라지겠지만 가슴에 있는 긴 흉터 자국은 그보다 오래 사라지지 않을 것이다. 미안하다는 말을 어떻게 꺼내야 할지 모르겠다.

아프지만,
살아야겠어

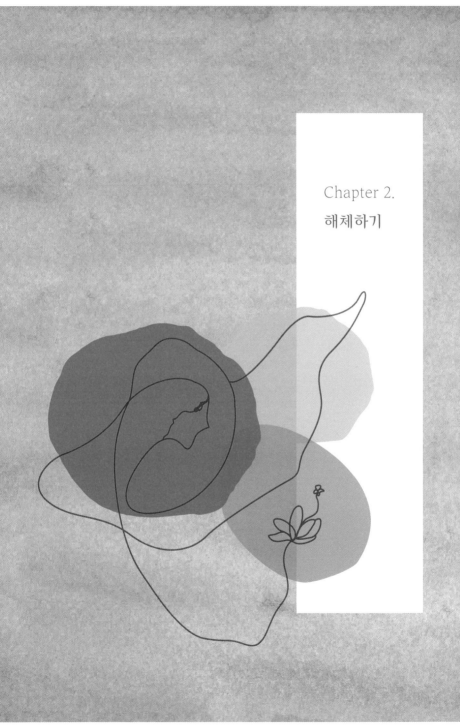

Chapter 2.

해체하기

그해 여름방학

　록산 게이는 『헝거』에서 "자신을 바꾸고 싶지 않다."라면서
도 외모는 바꾸고 싶다고 했다. 기운이 좀 있는 날에는 "세상이
자신의 외모에 반응하는 방식을 바꾸고 싶다."라고 생각하기도
하고, 기운이 없는 날에는 "자신의 본질과 몸을 분리하는 방법
을 잊고, 세상의 잔인함으로부터 스스로를 지키는 방법을 잊는
다."라고 적었다. 과연 내가 아는 여성 중에 자기 몸과 사이좋게
잘 지내는 사람이 한 명이라도 있을까 싶다.

　내게 몸은 나다운 면을 가장 잘 드러내는 실체이면서 가끔은
거추장스럽게 느껴지는 대상이었다. 어느 쪽으로든 남들 눈에
잘 띄는 몸은 아니었기에, 움직일 수 있고 불편함이 없다면 특
별히 인식할 일이 없었던 존재였다. 실존 여부는 인식하고 있으
나 이야깃거리는 아닌 대상, 그것이 내가 중학교 2학년 여름방
학 전까지 몸에 대해 갖고 있는 인식이었다.

중학교 2학년 여름방학이 구체적으로 어땠는지에 대해서는 기억이 없다. 날씨가 유독 무더웠는지, 이모네 가족들과 함께 계곡으로 휴가를 갔던 해가 그때였는지 별로 떠오르는 게 없다. 다만 여름 내내 과일을 입에 달고 방바닥에 배를 깔고 누워 만화책을 봤던 기억만 남아있다. '뭐라도 좀 하라'고 등짝 스매싱을 날리던 엄마의 날카로운 잔소리는 시기 불문하고 벌어지던 일상이었기에 또렷이 기억이 난다. 잔소리를 피하려고 어떤 노력을 했었는지는 기억에 없지만 아마 별 소용은 없었을 것이다.

여름방학이 끝나고 학교로 돌아갔을 때 친구들과 선생님들은 나를 보고 놀란 눈치였다. "방학 때 어디 아팠어? 갑자기 왜 이렇게 살이 쪘어?" 용무가 있어 교무실에 들어섰을 때 옆 반 담임이 대놓고 놀라움을 표시했을 때만 해도 내 상태가 어땠는지 알지 못했다. 당시만 해도 집마다 체중계를 갖고 있던 때가 아니라 몸무게가 어느 정도인지 몰랐다. 나중에 알게 된 바에 의하면 한 달 만에 10kg이 늘었으니 누가 봐도 알 수 있는 변화이긴 했다.

어디가 아픈 것도 아니었고, 특별히 다르게 한 것도 없는데 갑자기 내 몸이 삶의 중심에 들어왔다. 거울을 보며 외모에 대해 생각한 적이 별로 없었던 나로서는 꽤 당황스러운 변화였다. 말하지 않아도 알 것 같은 사람들의 표정을 보며 '살 좀 빼야겠

아프지만, 살아야겠어

네'라는 자책은 덤으로 따라왔다. 그러고 보니 여름 내내 빠져 있었던 만화 속 여자 주인공이 생각났다. 그들은 단순히 예쁘다는 이유로 등장인물들의 사랑을 받거나 끝을 알 수 없는 고난의 대상이 되었다. 결국 그런 거였나 보다. 예쁜 게 인격이고 능력이라는 말이 나를 후려쳤다. 갑자기 앞으로 살아갈 일이 막막하게 느껴졌다.

지금 돌이켜 생각해 보면 열다섯 살의 내 몸은 2차 성징이라는 시기를 통과하는 중이었다. 평소와 다름없이 게으른 생활을 하는지 아닌지와 무관하게 몸에 필요한 영양소를 착실히 쌓는 중이었다. 곧 임신을 하게 될 몸이니 임신과 출산을 위해서 필요한 과정인 셈이었다. 그때의 나는 그런 사실을 당연히 몰랐고, 아마 알았더라도 '웬 임신과 출산?'이라는 반응 외에 다른 걸 기대하기는 어려웠을 것이다.

갑자기 살이 찌면 가장 불편한 사람은 나였을 것이다. 거기에 보태 사람들의 성가신 간섭과 엄마의 폭풍 잔소리까지 감당해야 했으니 상당히 괴로운 시절이었으리라 짐작된다. 당시에 나는 고난을 정면으로 극복하려고 하기보다는 회피하는 쪽을 택했다. 거울은 방에서 치우고, 안전지대에서만 머물기. 어른들의 오지랖과 뼈있는 충고는 위험했고, 친구들의 적당한 무관심과 거리두기는 안전했다. 집에 있는 시간보다 밖에서 친구들과 있는 시간이 점점 길어진 시기였다. 어차피 부모에게서 독립해 학교라는 울타리에서 지내려면 당연한 수순이었다.

손쉽게 회피를 선택했으니 좋은 결과는 기대하기 어려웠다. 그렇기에 사춘기는 한참 지났지만, 아직도 몸이라는 단어는 쉽게 이야기할 수 있는 대상이 아니다. 눈에 보이고, 만질 수도 있고, 감각이 느껴지는, 분명히 실체가 있는 대상이지만 나는 이후에도 몸을 없는 것처럼 다뤘다. 그런 시절을 거쳐 유방암 환자로 살아가면서 나는 어쩌면 그 대가를 혹독한 방식으로 치르고 있는 셈인지도 모르겠다.

그동안 내 몸은 표준이거나 약간 저체중의 시기도 거쳤지만, 근본적으로 달라진 건 없다. 몸에 신경을 곤두세우고 있지만 무심한 척하기는 나의 특기이고, 키토제닉 다이어트가 뭔지도 모르는 척하면서 식사할 때 음식의 칼로리를 계산해 내는 능력은 AI 수준이다. 아무리 사람들이 사회적 자아를 여럿 두고 있고 그것이 자연스러운 일이라 해도 나는 정말 마음에 안 든다. 나이가 숫자에 불과하다는 말이 이런 식으로도 쓰일 줄은 몰랐다. 나이는 어디로 먹었나 싶다.

내 몸에 암세포가 자라게 된
이유에 대한 고찰

병원에서의 시간은 느리게 흘러간다. 기다리는 일의 연속이다. 막상 수술 날이 다가오면 떨리다가도 수술방에 들어가는 시간이 전에 없이 늦어지면 제발 수술 좀 하게 해 달라고 빌게 될 정도이다. 알다시피 기다림은 고통스럽다. 다른 사람들의 고통을 목도하는 것 역시 만만한 과정은 아니다. 나에게 닥쳐올 가능성이 농후한 아픔을 미리 겪고 있는 사람을 지켜봐야 한다는 것은, 그가 가족이나 친지가 아니더라도 고통스럽게 다가온다. 그리고 우리는 타인의 짐승 같은 아픔에 뼛속까지 전해지는 공포를 느낀다.

정말 모른 척하고 싶은 비명이고, 알고 싶지 않은 눈물이다. 그러나 환자 옷을 입고 있는 나는 명백하게 알고 있다. 저것이 나에게도 곧 닥치리라는 것을. 그 엄연한 사실이 나를 밤새 공포에 떨게 만든다. 암 진단에도 씩씩했던 나는 타인의 고통과

아픔 앞에 속절없이 무너지고 만다. '짐승과도 같은 고통'이라는 말의 무게를 새삼 깨닫는다.

남아도는 시간 동안 생각하게 된다. 내가 왜 이곳에 있는가. 필립 셰퍼드는 "자신의 몸으로부터 떨어져 있다면 세상의 몸으로부터 떨어져 있는 것."이라고 했다. 문구를 접하는 순간 알게 된다. 내가 왜 이 시간에 집이 아니라 이곳에 있는지를.

몸은 내게 금지된 숲이나 다름없었다. 거기 있는 걸 뻔히 알고 있지만, 결코 들어가서는 안 되는 곳. 어쩔 수 없이 들어갔다 해도 눈 감고 빨리 빠져나와야 하는 곳. 다른 사람이 절대 알게 해서는 안 되는 곳. 알려고 하지도, 알고 싶은 욕망을 드러내서도 안 되는 곳. 그렇게 오랫동안 몸은 주인인 내게 의해 억압되고 있었다.

너무 오래전부터 그래왔기에 왜 그런 억압이 시작되었는지 알지 못한다. 내가 기억하지 못하는, 어렸을 때 겪은 일의 여파 때문일 수도 있고. 오랜 시간을 거쳐 학습되어 결국엔 내재된 결과일 수도 있고. 그 모든 것의 총합일 수도 있다. 어쨌든 오랜 시간 동안 몸은 나의 지성에 반하는 무엇으로, 결코 내가 가질 수도 없고, 가져서도 안 되는 것으로 생각해왔다.

아직도 뚜렷하게 기억나는, 몸과 관련된 어린 시절의 공포가

아프지만, 살아야겠어

하나 있다. 사실상 나뿐만 아니라 많은 여성에게 있을 거라 짐작되는 것이기도 하다. 내가 내 몸을 인식하는 순간, 다른 사람의 눈에도 보이게 되고 그것은 결국 강간으로 연결될 것이라는 오래된 공포. 그랬기에 나는 드러나서는 안 되는 존재이고, 필사적으로 몸으로부터 도망쳐야 한다고 생각하는 계기가 되기도 했다. 공포가 시작된 건 중학생 때부터였던 것으로 기억한다. 원래 체구가 작고 발육이 더딘 편이라 친구들에 비해 느렸고 뚜렷하지 않았지만, 머릿속에서는 2차 성징이 태풍처럼 불고 있었다. 이제 끝장이다. 그런 생각을 했던 것도 같았다.

그때부터였다. 내가 내 몸을 물리적으로 억압하기 시작한 것이. 왜 그랬을까 싶은데 압박붕대라는 물건을 알게 된 후부터 가슴을 붕대로 감고 다니기 시작했다. 고등학교 3년 내내 그러고 다녔던 것 같다. 당연히 엄마도 몰랐고 그런 얘기를 누구와도 하지 않았다. 아니 어쩌면 할 수 없었을지도 모르겠다. 나조차도 이유를 몰랐으니까. 사춘기를 겪으면서 하는 별난 짓 중 유일하고, 맥락을 알 수 없는 행동이었다. 그리고 그 시절을 벗어나 제대로 속옷을 입을 줄 알게 됐던 때, 그 기억을 머리에서 지웠다. 스스로를 방어하기 위한 나름의 조치였을 것이다.

기억이 되살아난 건 2019년 4월 1일이었다. 만우절이면 하는 무해한 거짓말이면 좋으련만. 암인지 아닌지를 가리기 위해

맘모톰 조직검사를 하게 된 날, 시술 후 병실에 혼자 누워 이런 저런 생각을 하다 불현듯 떠올랐다. 그런 일이 있었지. 내게 몸에 대한 이슈가 있다는 것은 진즉에 알고 있었다. 그러나 물리적으로, 실질적으로 몸을 억압했던 시절이 있었다는 것은 어떤 이유에선지 무의식 한 켠에 꽁꽁 숨겨두고 있었던 것이었다.

그래서 그랬구나. 그래서 그렇게 몸에 관한 이슈를 다루는 책들에 눈이 돌아갔던 것이었구나. 그렇게 깨달았다. 내가 암에 걸린 이유도 함께. 물론 암에 걸린 이유를 찾는 것만큼 부질없고 유해한 일이 없지만 적어도 왜 다른 곳이 아니고 가슴에 종양이 자라게 됐는지는 알게 됐다고 스스로 믿었다.

새롭게 얻은 정보를 갖고 뭘 해야 할지 아직은 모르겠다. 다행스러운 일이지만 이렇게라도 알게 된 것이 좀 기쁘다. 어떤 경험이든 무조건하고 보는 게 좋다고 믿는 성격이기에. MBTI 검사를 통해서도 드러나지 않았던가. 몇 번을 다시 해봐도 영락없는 활동가 형. 부디 이 정보를 유용하게 써먹기 전에 흥미를 잃고 떨어져 나가는 반복되는 불상사가 없기를 바랄 뿐이다.

오조 오억 명의 사람과
오조 오억 개의 고통

고통을 느낄 때는 무섭기도 하지만 정말이지 외롭다. 수술이 끝난 후 회복실이라고 마련된 공간에서 눈을 번쩍 떴을 때, 살아서는 처음 느껴보는 고통이 찾아왔다. 옆에 나와 같은 처지의 환자들이 누워있고 간호사들은 환자들의 상태를 체크하며 분주하게 왔다 갔다 한다. 눈으로 보이는 풍경이 내게는 와 닿지 않는다. 나라는 존재는 사라지고 고통만이 존재한다. 고통이 나를 집어삼킨 느낌이다. 뒤이어 몸이 걷잡을 수 없이 떨리기 시작한다. 작은 움직임에도 엄청난 아픔이 밀려오기 때문에 멈춰야 한다. 그런데 몸이 뇌의 명령을 따르지 않는다. 떨리는 몸은 나를 고통의 아가리로 밀어 넣는다. 아프다는 비명조차 나오지 않는다. 목소리를 내는 데 들어가는 힘조차 허락하지 않는다, 고통이란 놈은. 손을 들어 간호사를 부르고 싶지만, 손가락 하나 까딱할 수가 없다. 할 수만 있다면 고개를 돌려 옆 사람을 보고 싶은 심정이다. 이 사람도 나처럼 아파하고 있는 걸까. 만약 그렇다면 조금 위안이 되었을까. 내가 겪고 있는 고통이 죽음의 징후처럼 특별한 것이 아니라 일반적인 거라면 무서움이 조금 덜해졌을까. 확인할 방도는 없었다. 고개를 돌리는 것이 불가능했으니까.

간호사가 내 상태를 발견하고 의사의 허락을 얻어 뭔가 주사하고 나서 떨림이 멈추자 수술 부위의 아픔만이 남았다. 무서움은 지나가고 외로움이 남았다. 이렇게 아픈 거였구나. 아프다고 들었지만, 이 정도였구나. 이건 오롯이 내가 감당해야 하는구나.

친구가 나에게 물었던 적이 있다. 암이라고 들었을 때 억울하지 않았냐고. 난 아니라고 했다. 그런 것보다는 외로웠다고 했다. 누구에게 말하더라도 제대로 이해받지 못할 거라는 느낌이 가장 먼저 들었다고 했다. 인간은 본질적으로 외로운 존재이고 살면서 외로움을 느끼는 일이 종종 있기는 했어도 이런 종류의 외로움은 조금 다르다는 생각이 들었다. 외로움에도 종류가 있는지는 모르겠다. 외로운 걸 그다지 나쁘게 받아들이지 않는 성격의 나는 비교적 외로움과 잘 지내왔다. 외로움을 느꼈던 순간이 고통스러웠던 적은 별로 없었는데, 이번에는 조금 고통스러웠다.

　그래서 소리 내 말하고, 글로 쓰기 시작했던 것인지도 모르겠다. 본래 마음에 든 이야기를 잘 드러내지 않는 편이라 얘기를 하면서 울기도 하는 내 모습이 무척 낯설다. 나라는 사람은 직접 느끼는 고통을 말하며 울기보다 다이버들이 고래와 물속에서 장난치며 헤엄치는 영상에 빗대어 울음을 터뜨리는 쪽이었다. 감정에 솔직하게 반응하기보다 어떻게든 감추고 비튼 상태에서만 울음이 터지곤 했다. 내가 겪는 일로 울어도 되는 건지, 그게 합당한 건지 나름의 결론을 내야만 가능한 일이었다.

　수술실을 나서며 형광등이 켜진 복도를 누워 가로질러 가면서 어떤 터널을 통과한 느낌이 들었다. 드라마에서 종종 나오는 클리셰 같은 장면을 지나면서 '이제 나는 좀 달라지겠구나' 느꼈다. 고통을 겪은 사람만이 알게 되는 어떤 느낌 같은 것이 있었다. 어쩌면 그건 허세인지도 모르겠다. 이 정도 아팠으니 뭔가 달라도 달라야 하지 않겠냐 같은, 고통의 합당한 이유를 찾으려는 노력 같은 거 말이다. 하긴 그렇거나 말거나 상관은 없다. 예전 같으면 절대 하지 않았을, 내 경험을 글로 쓰는 일은 그렇게 시작됐으니까. 어떤 날엔 사람을 마주하는 일이 두려워 용기를 모아야만 외출이 가능했던 나라는 사람이 내 얘기를 쓰기 시작했다는 것은 과연 대단한 변화였다. 그것은 세월의 흐름에서만

오는 변화는 아니다.

영화 〈조커〉를 보면서 그가 느꼈을 고통에 대해 생각해 봤다. 어린 시절의 학대, 망상과 신경증, 고단한 일상, 끝이 보이지 않는 고난. 그렇다고 다른 사람을 죽이는 걸로 귀결된다는 당위는 성립되지 않지만, 왠지 알 것 같았다. 인간에게 존재감을 느낀다는 것은 이렇게도 중요한 것이었다. 그의 고단한 일상에서 그를 알아주는 사람이 한 명만 있었어도 조커가 폭주하는 일은 없었을 것이라고 짐작해 본다. 고통을 나누는 것은 불가능하지만 글쓰기로 아픔이 덜어질 수 있다던데. 일기를 쓰던 그에게 구원 같은 순간은 찾아오지 않았다. 나와 조커를 구분 짓는 차이는 대체 어디에서 연유할까.

말하기 어려운 두려움에 대하여

　요즘 유튜브의 알고리즘에 감탄하는 중이다. 건강에 관한 정보를 몇 번 봤더니 암 환자들의 동영상으로 안내하기 시작했고 나는 뭐에 홀린 것처럼 영상을 클릭했다. 처음으로 클릭했던 영상은 생면부지의 담도암 환자가 이번 달을 넘기기 어려울 것 같다며 미리 안녕을 고하는 영상이었다. 한동안 할 말을 잃었다. 죽음 앞에 보일 수 있는 태도란 각자가 다르겠지만 저럴 수도 있다는 걸 미처 예상하지 못했다.

　정신을 차리고 그녀의 과거 동영상을 클릭하기 시작했다. 과연 그 사람은 자신이 암에 왜 걸렸는지를 성찰하는 영상부터 자신이 겪는 고통에 대해, 가감 없이 보여주었다. 적어도 영상에서는 죽음을 담대하게 받아들이고 있는 것처럼 보였다. 누구에게나 오는 죽음, 뜻하지 않게 맞닥뜨리게 되었지만 죽는 날까지

신나게 살다 갈 거라는 다짐을 하고 있었다. 마지막 몇 달 동안 병원에 있는 자신의 처지에 대해 말하면서 안락사를 입에 올리기도 했다. 그녀가 올린 마지막 동영상에서 그녀는 살이 너무나 많이 빠져 참혹한 상태였고 말을 이어가는 것 자체가 힘들어 보였다.(썸네일에 그녀는 #못생김주의 라고 써놓았다.)

며칠 동안 유튜브의 알고리즘이 안내하는 대로 암 환자들의 동영상을 보기 시작했다. 어떤 한 젊은 여성은 자궁경부암으로 시작해 온몸에 암이 퍼진 과정을 또박또박 서술하고 있었고 (암이라면서 왜 머리가 안 빠지냐는) 사기나 조작을 의심하는 댓글에 대해 반박하는 증거를 내놓기도 했다. 또 다른 암 환자의 동생은 췌장암에 걸렸던 언니가 결국 하늘나라로 갔다고 이야기하면서 구독자들의 댓글이 그동안 언니에게 많은 힘이 되었다고 감사하다고 말하고 있었다. 우는 목소리가 섞여 나오는 동안 나도 함께 울었다.

언젠가 적었던 것처럼 사람의 고통은 각자가 다르고 같은 암이라고 해도, 같은 항암제를 쓰는 항암치료를 받았다고 해서 같은 고통을 겪고 있다고 말할 수 없다. 하물며 같은 암에 같은 항암제를 써도 나타나는 부작용의 종류가 다를진대 강도는 말할 것도 없다. 나부터도 병원에 있을 때 같은 의사한테 같은 절제술을 받은 환자였지만 통증을 느끼는 정도는 달라 놀랐던 적이 있었다. 암성통증도 마찬가지다. 안 겪어본 사람은 모른다는 그 고통은 사람마다 다르다. 그럼에도 그들이 말하는 고통이 무엇인지, 시한부 판정을 받았다는 말에서 느껴지는 의외의 담담함과 씁쓸함의 맛을 어느 정도는 짐작할 수 있었다.

암 환자라며 동영상을 올리는 유튜버들의 이야기를 들을 때 두려움에 공감하는 부분은 바로 재발이나 전이에 대한 부분이다. 수술로 암 덩어리를 제거하고 재건 수술까지 마쳤지만 다른 곳에서 암이 나타날 가능성을 배제할 수는 없기 때문이다. 검사에서도 보이지 않는 미세한 암이 지금, 이 순간 커지고 있을 가능성. 많은 사람이 처음 암이라는 얘기를 들었을 때보다 재발이나 전이 판정을 받았을 때 더욱더 절망하게 되는 이유를 잘 알고 있다. 알게 모르게 여기저기서 들어왔던 이야기들은 재발과 전이 판정을 받은 환자들이 얼마나 세상을 빨리 떠나게 되는지 말하고 있기 때문이다. 의사들조차도 순한 암이니, 성질이 나쁜 암이니 하는 얘기를 하는 마당에 내 몸의 암세포가 급속하게 온몸으로 퍼지며 날뛰는 녀석이라는 걸 깨닫는 순간 이 싸움에서 버틸 자신이 없어지는 법이다.

공교롭게도 환자나 환자 가족들을 인터뷰할 기회가 많았던 시절에 여러 사례에서 느꼈던 공통점이 재발이나 전이에 관한 것이었다. 직접 목격했던 여러 사례에서도 걷잡을 수 없이 암이 퍼지거나 예상치 못하게 빨리 재발할 때는 예후가 상당히 좋지 않았던 걸로 기억한다. 이야기를 듣는 것만으로도 온몸이 아파져 왔던 환자들의 경우 죽는 것에 대해 억울함보다, 나로서는 상상할 수도 없는 고통이 어서 끝나기를 바라는 쪽이 더 많았다. 미련을 갖고 있는 경우도 남겨진 가족들에 대해 미안함과 걱정, 애정에 기반한 것이었지 고통을 참아내며 제대로 거동도 못 하는 상황에서 삶에 대한 욕구를 느끼는 경우는 없었던 것으로 기억한다. 고통이 인간을 어떻게 만드는지 간접적으로나마 느낄 수 있었다.

그러니 왜 모르겠는가. 차마 안부를 묻는 지인들에게 재발이나 전이라는 단어는 입에 올리지도 못하고 있다. 암이라는 얘기를 전할 때만 해도 암 환자 같지 않다는 말 듣기를 지상목표로 삼은 사람처럼 씩씩했지만, 지금은 누구보다 쪼그라들어 있다. 눈에 보이는 암 덩어리는 제거했지만 나는 평생 암 환자 노릇에서 벗어날 수 없을 것만 같다.

어쩌면 그것이 정확한 지적이고 맞는 방향일 수도 있다. 눈에 보이지 않는 미세한 암이 있을 가능성은 누구에게나 있고 결국 그걸 키우느냐 아니면 완전히 없애느냐는 본인의 노력 여하에 달려있을지도 모르는 일. 사는 환경이 이런지라 개인의 노력만으로 되겠냐는 부정의 견해도 나름 타당하지만 결국 지금 이 자리에서 내가 할 수 있는 일을 하는 수밖에 없지 않겠는가.

　요즘 부쩍 두드러기 증상이 심해지고 있다. 수술 이후에 피부묘기증이라고 하는 다소 신기한 증상도 생겨났는데 저녁이 되면 두드러기와 가려움증이 올라오더니 이제는 시도 때도 없이 가렵다. 긁다 보면 피부에 손톱만으로 그림을 그릴 수 있을 정도로 긁은 자국이 부어오른다. 근본적인 원인을 모르고 해결책이 없는 증상이라 평생 조심할 수밖에 없는데 따지고 보면 암 환자인 나에게 다행스러운 면이 있는 것도 같다. 면역력을 높이기 위해 생활 습관을 철저히 관리하고 통제하는 게 두드러기와 함께 살아가는 방법이다. 물론 항히스타민제를 처방받아 먹을 수는 있지만 그때뿐이다. 조금만 컨디션이 떨어져도 바로 가려움증이 올라오고 발진이 생기니. 별도리 없다. 해 떨어지면 자고 동틀 때 일어나고, 하루 세끼 건강한 음식으로 잘 챙겨 먹고, 땀내서 운동하고 피부 보습을 잘해 주는 것. 무엇보다 몸에 나쁘다고 하는 짓을 하지 않는 것.
　'교과서로 공부해서 전교 1등 했어요' 같은 모범 답안이지만 지금까지 이것 말고는 다른 해답이 없다. 그리고 이것은 두드러기뿐만이 아니라 암에도 마찬가지다. 그러니 어떻게 보면 다행 아니겠는가. 두드러기는 일상을 괴롭히는 질병이고 암은 대개 눈에 보이지 않다가 한순간에 삶을 통째로 빼앗아 가버리는 질병이니 말이다. 인간이란 때로는 어리석어서 눈에 보이지 않으면 없다고 착각하기 마련이다. 그러니 감기에 걸려 일상이 괴로우면 바로 병원에 가지만 암이 걱정된다며 당장에 병원을 찾는 일은 좀 드물다. 나 역시 어리석은 인간이니 두드러기가 아니었다면 일상을 관리하고 습관을 정비하는 일을 했겠나. 그러니 나로서는 두드러기가 평생 나를 따라다녀 주기를 바라는 수밖에.

환자다움에 대하여

상황 1.

친구가 갑자기 울기 시작한다. 소리 없이 우는 게 아니라, 말 그대로 엉엉 운다. 사람들이 있는 커피숍에서. 자기감정을 잘 드러내지 않는 친구인데. 나는 속으로 좀 당황한다. 위로를 해야 하나. 그러다 그냥 울음이 잦아들기를 기다리기로 한다. 내가 아는 한 그 애에게 이런 일은 처음이니까 시간이 필요할 것이다. 게다가 몸에 암 덩어리를 달고 있는 건 난데 그 일로 위로를 하는 건 좀 멋쩍은 일이 아닌가.

상황 2.

아주 가끔 얼굴을 보는 사이이자 일이 있을 때만 통화하는 정도의 사이인 동네 지인이 말한다. 그거 별거 아니라고. 가족 중 누군가도 같은 병으로 수술받았는데 전보다 훨씬 더 건강해지고 지금까지 잘살고 있는다고. 초기에 발견했으니 수술 잘 마치고 항암치료 잘 받으면 괜찮을 거라고. 여기서 괜찮을 거라는 말은 당장 죽지 않아도 된다는 얘기리라. 뜻하지 않게 오픈된 개인사가 그렇게 소비되는 꼴을 보자니 갑자기 속에서 무언가 올라오는 게 느껴진다. 여기서 화를 내면 '저렇게 까탈스러우니 병에 걸렸다'라는 소릴 듣게 되려나. 그런 마음으로 속을 달래는 사이 암 환자가 피해야 할 음식이며 생활 수칙 같은 걸 줄줄이 읊어준다. 누가 보면 너님이 암 걸린 적 있는 줄 알겠어요.

사람들이 지인의 발병에 대해 반응하는 방식은 대체로 이런 식이다. 상황에 따라, 각자의 방식에 따라 약간의 차이는 있지만 대개 슬픔을 극적인 방식으로 표현하거나 긍정 폭탄을 쏟아붓는 경우로 나눌 수 있다. 아, 물론 아예 듣고도 아무 반응이 없는 경우도 있을 수 있다. 그런 경우는 지인도 뭣도 아니고, 그냥 서로가 심심풀이 땅콩 정도 되는 사이니, 예외로 친다. 내게 애정을 기반으로 한 감정이 있고, 어느 정도 관계라고 할 만한 역사가 있는 사이에서 대체로 그렇단 얘기다.

문제는 환자가 된 내 반응이다. 어느 쪽도 좋거나 반갑지 않다. 물론 나에 관한 관심과 애정의 깊이를 알기에 부정적인 감정을 감추려는 노력 정도는 할 수 있다. 이 나이 되도록 만나는

아프지만, 살아야겠어

사람들이니까 단순히 시간 때우기 상대로 만날 일이 없기에. 기본적으로 나도 상대방에 관한 관심과 애정이 있기 때문이다. 이 관계에서 그 정도 노력은 어쩌면 당연하다.

그렇다면 졸지에 환자가 된 나의 경우, 모범 답안은 무엇일까. 친구가 엉엉 울면 나도 약간의(너무 많이는 안 된다. 친구에게 죄책감을 심어줄 수 있으므로.) 눈물을 흘리고 애써 웃으며 "암 걸린 건 난데 왜 니가 우냐." 따위의 대사를 친다. 친구는 눈물을 닦으며 "그러게. 니 앞에서 이러면 안 되는데." 류의 답을 하고 멋쩍어진 우리는 마주 보고 웃는다. 아, 소오름.

긍정의 말 폭탄 지인을 대할 때는 감정 변화는 덜하지만 품이 좀 더 든다. 상대가 하는 말에 열심히 맞장구를 쳐주며 불러주는 항암 식품 리스트에 밑줄이라도 쳐 가며 학위라도 딸 기세 정도는 보여줘야 한다. 몸소 중개자가 되어 달라며 구매처 연락처까지 얻어내고 상대는 기꺼이 도움을 주고. 아, 오늘도 열일했다. 그 정도 노력은 해줘야 안심하고 대화를 마칠 수 있다.

그런 일을 반복하다 보면 자괴감에 빠지기도 한다. 이게 뭐하는 짓인가. 내 병을 돌보기에 앞서 지금 다른 사람들의 감정을 돌보는 노동까지 하고 있는 나 자신에 대한 한심함. 느끼지 않을 도리가 없다. 그런데 누가 그러라고 했나. 누가 그토록 착실하게 삶의 의지를 불태우는 올바른 역할을 하라고 등 떠밀었냔 말이다.

성폭력 생존자를 향한 피해자다움의 강요는 가해자들의 논리를 대변하는 기능을 한다. 그런데 환자다움을 내면화한 경우는 스스로에 대한 환멸과 연이은 감정노동에 따른 피로감 말고 어떤 기능을 하고 있나. 암에 걸린 상황에서도 괜히 센 척하고 싶은, 뒤틀린 자아의 발현 말고 달리 뭐라 표현할 수 있을까.

　아, 또 뭘 굳이 그렇게 비꼬아서 볼 일은 없을 것 같다. 서로에 대한 애정을 기반으로 한 관계에서 상대방이 받을 상처와 충격까지 흡수하고 배려하고 싶은 마음에서 우러난 행동으로 보아도 무방할 것 같다. 예상치 못한 순간에 터지는 울음이나 긍정의 과잉 에너지는 좀 당황스럽지만, 상대도 나도 이런 일에 익숙하지 않기에 좀 서투른 방식으로 발현되었을 뿐이다. 환자 역의 나 역시도 기본 바탕은 상대에 대한 배려다. 내가 환자가 아니라 저 자리에 앉은 지인이라면 나 또한 몹시 당황했을 것이고 걱정과 슬픔과 불안을 동반한 온갖 감정이 밀려왔을 것이기에. 그러니 다, 괜찮다.

　다만 동정을 표하는 건 금물이다. 동정의 밑바탕에 애정이 깔려 있으리라고 믿기는 사실 좀 어렵다. 내가 특별히 까칠한 환자라서 그런 건 아니다. 동정은 권력관계를 연상시키는 힘이 강해서 환자와 환자가 아닌 사람의 이분법적 구별을 두드러지게 만든다. 당신 앞에 있는 나는 건강한 사람이고 또 당신보다 훨씬 강하고 우월한 존재다. 온몸으로 그렇게 말하는, 그런 느낌을 주는 관계에서 약자 역할은 절대 하고 싶지 않다. 암에 걸렸는데 그런 몹쓸 기분까지 감당해야 하겠는가.

몸 상태가 매일 다르고, 기분이 매 순간 바뀌는 것처럼 동정마저도 너그럽게 넘길 수 있는 날도 있으려나. 자신은 없지만 늘 가능성은 열어두고 있다. 왜냐하면 암에 걸린 후 나만 비껴갈 수 있는 일이란 없다는 걸 잘 알고 있기 때문이다. 그런 면에서, 기적도 불가능도 믿지 않는다.

산다는 건 이래서 흥미롭다

그간 의료사고 피해자 유족들, 암과 같은 큰 병을 앓고 있는 사람들을 만나 인터뷰해서 기사로 풀어내는 일을 했다. 그 과정에서 의료분쟁조정중재법 개정안이 통과되는 일도 있었고, 의료사고로 자식을 잃은 어머니의 재판이 승소하는 결과도 있었다. 대개의 경우는 병원이나 의료진의 입장보다는 환자나 유가족들의 입장에서 기사를 써왔다.

부모나 배우자를 잃은 이들은 비교적 병원 측과 합의를 하는 경우가 많지만, 자식을 먼저 보낸 부모들은 그렇게 하지 못한다고 한다. 자식 잃은 부모들은 사건을 이슈화하기를 바라고, 그런 과정에서 나와 만나게 되는 경우가 많다. 내가 만난 그들은 미처 감당하지 못한 슬픔과 고통에 완전히 압도당해 있기도 했고, 밑도 끝도 없는 분노를 쏟아내기도 했다. 그러면서 가슴을

아프지만, 살아야겠어

주먹으로 치거나 손바닥을 가만히 대기도 했다. 자식을 먼저 떠나보내면 가슴에 묻는다고들 하는데 자식이 묻힌 곳이어서 그랬을까 생각했다.

그들이 토해내는 슬픔을 보고 있노라면 숨구멍이 바늘구멍만 해지는 고통이 뭔지 알 것 같았다. 그들의 슬픔이 내게 고스란히 전해져왔다. 그럴 때면 나도 본분을 잊고 함께 울었다. '그래도 프로답게 굴어야지' 하는 생각은 흐느낌 아래로 사라졌다. 나라고 전문가처럼 보이고 싶은 욕망이 왜 없었겠는가. 유가족 입장에서는 사건을 이슈화하는 일이 중요한데 정작 그 일을 해야 할 사람이 붉어진 얼굴로 코나 풀고 있으면 좀 한심해 보이지 않겠나 생각이 들기도 했다. 그러나 생때같은 자식을 억울하게 잃은 사람에게 달리 무얼 해줄 수 있을까. 이야기를 들어 주고 같이 울어주는 수밖에 다른 도리가 없었다. 그런 식으로 비전문가적인 내 행동을 합리화하기도 했다.

인터뷰이 입장에서는 우는 모습을 보이는 것이 마땅치 않았을 사람도 있었을 것이다. 자식 잃은 어미의 얘기를 인내심 있게 들어줄 사람은 나 말고도 많을 것이고, 사람에 따라서는 낯모르는 이에게 속내를 털어놓거나 무너지는 모습을 보이고 싶어 하지 않는 사람도 있으니 말이다. 인간 특성의 다양함과 제각각 사연의 특별함은 뒤로 하고, 인터뷰의 결론은 언제나 비슷했다. 그곳에서 개인의 특성이란 무력하고, 자식 잃은 부모들이 갖는 고통만이 실재하는 것처럼 보였다.

한 번 만나고 그냥 끝나버리는 관계도 있었고, 재판 기간 동안, 혹은 관련 법제화를 진행하는 동안 여러 차례 만나는 경우도 있었다. 그런 과정에서 그들의 개인사에 대해서도 알게 됐다. 그들이 의료사고 피해자 유가족만이 아닌 고유한 특성을 가진 개인이라는 당연한 사실도 새삼 느꼈다. 아홉 살짜리 자식을 잃었는데 어느새 그 아이를 많이 닮은 새 생명이 탄생해 자리를 채우고 있는 경우를 목격한 적도 있다.

떠난 자식에 대해 비교적 덤덤하게 이야기할 수 있게 되기까지의 과정을 지켜보는 동안 그들의 말과 표정에서 전해지는 변화를 함께 겪은 셈이었다. "나 같은 엄마도 때 되면 배고프다고 밥을 먹어요." 국물을 한 숟가락 입가에 가져가던 어떤 어머니는 그렇게 말하며 쓰게 웃었다. 사람은 그렇게도 살아갈 수 있는 존재였다.

어머니의 표정을 보며 슬픔 속에도 소소한 기쁨이 깃들어 있다는 감각에 대해 배우게 됐다. 어떤 사건이나 사고 피해자의 일상이 모조리 슬픔이나 고통이나 분노로만 차 있는 건 아니라는 당연한 사실 말이다. 의료사고를 당했을 때 대처하는 방법 같은 매뉴얼은 있을 수 있어도 슬픔을 이겨내는 비결 같은 건

아프지만, 살아야겠어

없다는 것도 알 수 있었다. 그저 세월이 지나면 나아지겠거니, 나이가 들고 기억력이 떨어지면 슬픔도 희미해지겠지. 막연하게 바랄 뿐. 그들을 지켜보면서 나는 사람 살아가는 일이 어떤 것인지 조금이나마 알 것 같은 기분이 들었다.

노화와 질병을 소재로 한 『흰머리 휘날리며』의 저자 김영옥은 "유한한 삶을 사는 모든 역사적 존재는 죽음 속에서 그 삶의 유일무이한 가치를 증언하며, 바로 그 가치를 참된 것으로 전승하는 것에 이야기의 의미가 있다는 믿음이다. 이야기가 되지 않은 삶이야말로 버림받은 삶이다."라고 적었다. 극적이고 기적 같은 일은 벌어지지 않았지만 나와 마주했던 이들의 발화와 내가 했던 기록이 적어도 버림받은 삶과 반대되는 지점에 위치해 있다는 사실은 큰 위안이 되기도 했다.

내가 암 환자가 되어 수술하게 된 것은 인생이 준 크나큰 아이러니와도 같았다. 다른 사람에 비해 암 환자의 생활이나 치료 과정에 대해 잘 알고 있었던 내게 같은 질문이 주어지자 결코 객관적으로 문제를 풀 수 없다는 걸 알았다. 죽고 사는 문제에 있어 모두에게 통용되는 정답이란 있을 수 없었다.

그 부분에 내 고민이 자리 잡고 있었다. 단편적인 지식이란 얼마나 하찮고 또 성가신 것인지 모르겠다. 가장 최고의 선택을 위해 결정하는 단계를 거칠 때마다 발목을 잡는 지식이란 아무 짝에도 쓸모가 없다는 걸 깨달았다. 안다고 해서 신속하고 정확한 결정을 내릴 수 있으리라는 건 애초에 글러 먹은 짐작에 불과했다.

지식은 그렇다 치고 암 환자들이 자신의 병을 받아들이고 화해하는 과정은 어떨까? 각자가 다르듯 대처하는 방식과 태도 또한 너무나 달랐다. 어떤 사람은 수술할 때도 비교적 담담하게 상실이나 고통을 받아들이는 반면 어떤 이는 사라진 가슴 조직에 대해 말할 수 없는 상실감을 느껴야 했다. 나는 어쩔 수 없는 부분은 깨끗이 잊고 앞을 보는 사람인가, 아니면 내가 어찌해볼 수 없는 과거에 사로잡혀 현실을 부정하고 괴로워하는 쪽인가. 어느 쪽이든 탓하지 말자고 다짐했다. 암을 유발한 건 환자 본인이 아니듯 고통과 상실을 받아들이는 방식이 비록 진취적이지 않더라도 그건 환자의 잘못이 아니기 때문이다.

다행인지 불행인지 나는 현재에 집중하는 편이었다. 그랬기에 어려운 결정을 앞두고 비교적 담담하게 대처할 수 있었고, 사라진 조직보다는 앞으로의 일상 복귀에 더 심혈을 기울일 수 있었다. 내가 잃은 것에 대해서는 애도하는 마음을 갖되 당장 내 앞에 놓인 문제에만 집중했다. 그런 태도가 일상 복귀를 더욱더 쉽게 해준 동력이 되었다는 점에 대해서는 부인할 수 없을 것이다.

　세상에 내게 벌어지지 않을 사건이란 없고, 나만 비껴갈 수 있는 불행이란 것도 없다는 걸 알지만 막상 일이 이렇게 되고 보니 눈앞에 벌어진 일이, 산다는 일이 이래서 흥미롭다는 생각이 들었다. 그들의 이야기를 듣고 기록했던 지난 세월이 암 환자로 살아가는 현재의 일상에 어떤 도움이 되고 무슨 의미를 남겼을지 궁금했다. 나는 이런 지점에서 눈물이 터지는 사람이라는 인식도, 그들의 슬픔에 공감하고 분노에 동조하면서 사람을 움직이게 만드는 동력이란 이렇게 다양하다는 것도 깨달았다. 어쩌면 당연하고 보편적인 인생의 법칙이나 진리라고 해도 좋을 것들이 그들과의 만남에서 또렷이 보였고, 그것은 내 안에 차곡차곡 쌓였다.

　특정 암에 표준 치료라는 것이 존재하듯 인생에도 '비결'이라는 게 있을 수 있는 것인지, 아직 잘 모르겠다. 만약 그런 게 있다면 당장이라도 배우고 싶으면서도 한편으로는 그러고 싶지 않기도 한다. 인생의 비결을 배우려면 왠지 대가를 치러야 할 것 같은 기분이 들기 때문이다. 그러니 나는 지금 이대로도 괜찮다고 느낀다. 사람들을 만나면서 알게 되는 평범하고 단순한 깨달음으로도 충분하다고 느끼고 있다. 깊이를 알 수 없는 고통을 겪고도, 그럼에도 살아나갈 수 있는 것이 인간이라는 것을 듣고 보고 깨달았기에, 정말로 괜찮다.

여성성에 대하여

    양쪽 가슴을 전절제한 후, 보형물 삽입 수술 1년 전에 피부확장기를 하고 지내야 했다. 얼마 동안 정기적으로 병원에 방문해 물을 넣어 피부를 늘리고 상태를 봐서 보형물 삽입술을 받게 되었다. 그동안에는 밋밋하고 울퉁불퉁하고 다소 기이한 모습으로 지내야 했다.

    피부확장기를 가슴 피부 안쪽에 차고 있는 느낌이란 게 살짝 이상하다. 물론 수술 직후부터 일주일 이상은 느낌 따위는 아무것도 아닐 정도로 아팠기 때문에 그건 중요하지 않았다. 통증이 잦아들고 일상생활이 조금은 가능해질 정도가 되었을 때 이상한 느낌이 찾아온다. 인생은 뭐 그런 법이니까.

    이게 어떻게 이상하냐 하면, 표현도 좀 이상할 수 있겠다. 달리 방법이 없기에 느낌 그대로 표현하자면 가슴 피부 안쪽에 플라스틱 반찬 뚜껑 같은 걸 넣고 꿰매 놓은 것 같다. 그래서 피부가 땅겨지면 가슴뼈에 묵직한 압박이 가해진다. 피부를 겉으로 만져도 내 살이라는 느낌이 전혀 없다. 아직 붓기가 채 빠지지 않았던 동안에는, 이 생경한 느낌이 상당히 오래 지속됐다.

병원에서 파는 '유방암 환자를 위한 안내서' 같은 걸 보면 복원술에 관해 설명하는 장에 꼭 그런 내용이 나온다. 가슴이 여성성을 상징하는 것이기에 잃었을 때 상실감을 느끼고 자신감을 위해 복원이나 재건이 필요하다는.

실제로 유방암 환자들이 모여 있는 인터넷 카페 같은 데서 전절제 수술 후 평평한 가슴을 보고 울었다는, 아니면 수술 후에 얼마 동안은 샤워를 직접 하기가 어렵기에 남편이나 친정엄마가 씻겨 주는 데 환자의 가슴을 보고 함께 울었다는 후기가 올라온다. 나는 여성성이나 상실감, 자신감 같은 단어가 의미하는 바가 그런 것이라고 짐작을 한다.

그런 느낌은 병원에서 만나는 다른 환자들에게서도 심심치 않게 목격할 수 있다. 입원 중에 처치 같은 걸 받기 위해 순서를 기다리다 보면 자연스레 각자의 사연에 관해 이야기하게 된다. 수술 후 느낌이나 정보를 교환하기도 하지만 무엇보다 현재 상태에 대해 묻게 된다. 당신의 가슴 상태는 지금 어떤가. 전절제인가, 부분인가. 짝짝인가 균형이 맞는가. 유두가 있는가 없는가. 뭐 그런 것들. 사람의 생김새가 다르듯 사연도 제각각이고 그에 대한 반응도 각각이긴 한데 내 경우에 돌아오는 반응은 좀 비슷했다.

양쪽 전절제인데다가 병변이 유두 근처에 있어서 유두를 살리지 못한 경우에는 같은 암 환자인데도, 림프를 몇 개 떼어냈는지보다 더 동정의 눈빛을 받는 것 같은 기분이었다. 입원 병동에 오래 근무한 간호사들도 유달리 양쪽 전절제 환자에게 잘해 주는 것 같은 건 기분 탓일까. 실제로 입원했을 때 나는 어떤 간호사에게 씩씩하다고 칭찬도 받았다.

그런 반응을 접하면서 한참 생각했다. 아, 내가 별난가 보다. 내 반응이 일반적이지 않은가보다. 나는 아무래도 암 덩어리를 떼어냈고 수술이 잘 되었다는 사실에 만족해하고 있었고, 이제는 수술대에 눕고 싶지 않다는 생각 때문에 복원술을 하겠다고 한 것도 좀 후회하는 중이었기 때문이다. 가슴이 없는 여자의 삶에 대해 안타까워할 여유 같은 건 없는 편이었다.

이것도 방어기제의 하나로 봐야 할까. 거울로 내 상태를 확인했을 때 눈물이 나오거나 여성성의 상실 같은 관념적인 단어를 떠올린 적이 없었다. 그저 나의 상반신이 〈공각기동대〉 애니메이션의 쿠사나기 소령 같다는 생각만 했다. 확실히 인간적인 느껌은 아니란 건 인정한다.

그러나 여성성이란 뭘까. 이 대목에서 사실은 굉장히 슬퍼해야 하는데 혹시 내가 사이코패스 같은 거라서 아예 이런 감정을 못 느끼나 싶었다. 세상이 나에게 기대하는 일반적인 반응 같은 게 나오지 않아서 나로서도 적잖이 당황했던 것 같다. 가슴이 불룩하게 튀어나와야 스스로도 여성이라고 생각이 드는 걸까. 평생 작은 가슴으로 살아왔던 나는 뭔가. 빈약한 가슴과 비례적으로 빈약한 여성성, 뭐 그런 거라고 봐야 할까?

지금 생각으로는 그저 인간적이지 않다는 의식만 있다. 뭔가 다른 사람하고 다른 것. 불완전해 보이는, 너와 나를 구분 짓는 것. 여성성보다는 오히려 내게는 그쪽에 더 가깝다. 내가 탈의실이나 수영장에서 타인의 시선을 신경 쓰는 것도 여성성보다는 다른 것에 대한, 구별 짓는 것에 대한 두려움 쪽이다.

퇴원하고 일상으로 돌아왔지만 완전하지 않았다. 혼자서 머리 묶는 것도 불가능하고 3주 가까이 되는 동안 씻지 못했기에 때를 박박 벗겨내고 싶은데 힘이 들어가지 않아서 속 시원하게 씻을 수도 없었다. 멀리 있는 걸 집거나 위에 있는 물건을 꺼내야 할 때는 하다못해 자식들 고사리손이라도 빌려야 할 판이다. 다른 사람의 호의와 도움에 기대야 하는 일상. 솔직히 당장은 여성성의 상실이라는 관념보다 내 손으로 내 눈곱을 뗄 수 있는

아프지만, 살아야겠어

일상의 담론이 더 시급했다. 구별 짓기를 견디다 못해 내년쯤
유륜 타투 시술에 선뜻 동의하게 될 수도.

콤플렉스

사람들은 내 엄지손톱을 보고 하나같이 '재주가 많겠다'라거나 '부지런한 사람이겠구나'라는 근거를 알 수 없는 칭찬인지 예언인지를 했다. 특별히 재주가 많지도 않았고, 부지런한 사람은 더더욱 아니었던 나는 이런 손톱을 타고난 내가 절망에 빠지지 않도록 특별히 고안해 낸 사탕발림이라고 생각해왔다.

단지증이라는 명칭을 달고 있는 내 엄지손톱은 우렁 손톱이라고도 하고, 개구리 손톱이라고도 한다. 유전이나 외상, 성장판 손상 등의 이유로 발생하는데 내 경우는 엄마한테서 받은 유산이다. 요새는 수술로 치료라는 걸 할 수 있다고 하는데 내가 어릴 때만 해도 그런 게 가능한지조차 몰랐다. 만약 수술이 가능한 걸 알았더라면 선뜻 수술했을까.

실제 행위로 이어지는 것은 별개의 문제지만 아마 심각하게 고려는 해봤을 것이다. 내 손톱을 보고 징그럽다고 말하거나 놀린 사람은 거의 없지만(있기는 있었다. 뭔가 끔찍한 것을 본 것마냥 호들갑을 떨던 친구. 20년이 지났지만, 아직도 잊지 않고 있다.) 다른 사람이랑 다르게 생겼다는 걸 인식한 이후로 나는 늘 내 손톱을 감췄다. 특히 버스에 앉아있을 때 무릎 위에 올라와 있는 내 손톱을 누군가 내려다본다는 생각만 해도 마음이 불편했다. 불필요한 시선을 받고 싶지 않아서 난 손톱을 검지와 중지 사이에 끼워 넣은 채로 생활하는 법을 터득했다. 그런데 이게 본의 아니게 저급한 욕을 표시하는 동작과 거의 비슷하다는 사실을 알고 난 후부터는 그냥 옷소매 안으로 감추는 정도로 타협했다.

말하자면 다양한 명칭으로 달래듯 불리는 내 엄지손톱이 내게는 콤플렉스였던 셈이다. 콤플렉스가 뭔지 알지도 못했던 어린 시절부터 남들에게는 감추고 싶은 나의 일부. 그러나 제대로 감출 수도 없고, 그러는 게 왠지 옳지 않다는 생각을 심어주던 불편한 존재. 그게 내 엄지손톱에 대해 가졌던 감정이었다.

몸에 대해 갖게 되는 부정적인 인식은 비단 엄지손톱만은 아니었지만 어릴 때부터 끈질기게 따라다닌 경우는 그러했고, 암 수술을 하게 된 후로 콤플렉스가 하나 더 늘었다. 가슴 수술 후 양쪽에 길고 붉게 그어진 흉터와 어떤 시선으로 봐도 어색하기

짝이 없는 유두와 인공적인 색의 유륜. '의느님'이라는 말도 있지만 언제나 기술의 발달은 타고난 자연스러움에는 한참 못 미치거나 늘 충분하지 않다.

나도 안다. 암 덩어리를 제거하는 것이 수술의 일차적 목표이고, 환자의 향후 일상생활보다는 생존에 훨씬 더 무게를 둔 의학적 결정이었으며 나도 사전에 동의한 바다. 그러나 막상 수술 후 내 상태를 제대로 볼 수 있게 되었을 때 앞으로 내가 살아가야 하는 일상에서 이 일이 장애물이 될 것임을 너무나 선명하게 눈에 그릴 수 있었다.

내 몸에 대한 불만이 당연히 그것만 있는 건 아니지만 다른 사람 눈에 안 띄는 결점이나 부족한 부분은 콤플렉스라고 말하기엔 부족하지 않을까. 가슴이 다르게 생겼다는 건 어떨까. 다르게 생겼다기보다는 부자연스러운 가슴이라면 어떨까. 가슴을 내놓고 다니는 것도 아니니 엄밀히 말하면 이건 콤플렉스 축에도 못 끼는 것이었다. 그러나 수영장 샤워실과 같은 장소에서라면 이건 콤플렉스가 된다. 내 걱정은 거기에 있었다.

수영장 샤워실에서 유방암 수술을 한 분을 본 적이 있다. 그분은 한쪽만 전절제한 경우였고, 복원하지 않은 상태였다. 노년임이 분명해 보이는 그분이 언제 절제했는지는 알 수 없지만 나는 그분의 용기와 태연함에 놀라지 않을 수가 없었다. 나라면 저렇듯 무방비로 사람들 앞에 무너져버린 가슴을 내놓을 수 있을까.

유방암 환자들끼리는 가능하다. 서로 복원한 상태를 보여주고 정보를 나누기 위해 만져보라고 권하기까지 하니 말이다. 그러나 암 덩어리를 잘라내지 않은 가슴이 대다수인 곳에서 내가 소수의 위치라면 어떨까. 내가 잘못해서 그런 상태를 만들어놓은 것은 아니니 비난받을 일은 아니겠지만 나는 이런저런 설명을 해야 하는 상황이 싫었다. 사람들은 다른 사람에 대해 손톱만큼의 관심도 없지만, 가십은 좋아한다. 나는 내 병력과 가슴의 상태가 사람들에게 소비되는 방식이 너무나 끔찍하게 싫었다.

그러니 솔직하게 인정할 수밖에 없었다. 수술 후 내게 또 다른 콤플렉스 하나가 생겼다는 현실을. 드러내지 않아도 되는 흉터지만 상황에 따라서는 콤플렉스가 될 수밖에 없다는 것을 알 수 있었다.

나로서도 타인의 시선에 구애받지 않고 흉터를 당당히 드러내도 괜찮다고 말할 수 있으면 좋겠다. 이게 단순히 태도의 문제인지, 내공의 문제인지 아직 잘 모르겠다. 지금까지는 사람들에게 보이지 않도록 몸을 돌려서 씻고, 이동할 때 수건을 걸쳐 가리는 방법으로 버티고 있지만 그런 행동을 하는 나를 자랑스러워하진 않는다. 그렇다고 맨 가슴을 그대로 내놓고 사람들 앞을 활보하는 것이 자존심이 강한 사람의 특성이라고 생각하며 지향해야 할지는, 아직 잘 모르겠다.

그저 나는 내게 새로 생긴 콤플렉스와 함께 살아가는 방법을 연구 중이다. 추운 날에 몸이 움츠러들면 가슴 안에 들어 있는 실리콘이 차갑고 뭉치는 것 같은 느낌이 들어 유난히 추위에 벌벌 떠는 사람이 된 것도 내가 감당해야 할 몫인 것처럼 말이다.

아프지만, 살아야겠어

아프지만,
살아야겠어

Chapter 3.

받아들이기

떠난 그녀들,
그리고 남겨진 자들을 위한 질문

양쪽 가슴을 모두 다 절제하는 수술을 했기 때문에 수술이 끝난 후 내 가슴은 전보다 훨씬 더 납작해져 있었다. 내가 마취에 취해 헤롱대는 사이에 조직 확장기를 삽입해 놓았기 때문에 완전히 무너져 내린 것 같은 모양은 애초에 아니었을 것이다. 수술 직후에는 그마저도 확인할 길이 없었다. 퇴원 후 샤워가 가능할 정도로 몸이 회복되고 상처가 아물었을 때, 그러니까 한 3주 정도 지났을 때 비로소 가슴이 어떻게 변했는지 확인할 용기가 생겼더랬다. 그간 그렇게 하지 못한 데는 상처 부위가 너무 아팠기 때문에, 모양이고 뭐고 생각이 안 들었을 뿐만 아니라 마주할 용기가 미처 생기지 않았기 때문이었다.

당시에는 비교적 잘 받아들이고 있다고 느꼈다. 지인들의 걱정이 오히려 두드러질 만큼 상대적으로 나의 무너짐은 덜 했다. 그때는 내가 그만큼 단단했기 때문에 그랬다고 자신했지만 어쩌면 무너질 수 있는 지점을 아예 차단해버림으로 가능했던 씩씩함이었을지도 모른다. 이것마저 무너지면 나는 완전히 무너진다. 뭐 그런 마지노선 같은 거였는지도.

사람이 사회생활을 하면서 여러 개의 자아를 갖고 가면을 쓰는 게 더는 나쁜 일이 아니며 사기 치는 게 아니라는 것을 받아들인 것처럼. 아예 절망의 기회를 차단해버리는 무시와 회피 전략이 나쁜 것만은 아니라는 점을 이제는 안다. 그때는 그런 전략이 필요했으니까. 누굴 탓하랴. 내 멘탈도 내가 지켜야 하는 것을.

어쨌든 몇 주 후에나 마주할 수 있었던 나의 무너진 가슴(수사적인 표현이 아니라 실제로 그렇게 생겼다.)은 받아들이기 어려운 것이었다. 그에 대해 어떤 인상을 받았었는지는 자세히 기억이 안 난다. 뇌가 충격을 덜기 위해서 망각이라는 시스템을 택했기 때문인 것 같다. 전처럼 그 시스템을 탓하지는 않는다. 나를 보호하는 조치라는 것을 알기 때문이고 그 이점을 충분히 누리고 있기 때문이다. 멀쩡한 얼굴로 사회생활을 해낼 수 있는 것은 시스템 덕분이다.

한 달에 한 번씩 수술을 한 대학병원에 가서 조직 확장기에 주사기로 물을 넣는다. 매달 내 가슴은 조금씩 부푼다. 원래 사이즈가 크지 않았기 때문에 키우는 데도 한계가 있는 모양이다. 이러나저러나 A컵을 벗어날 수는 없나보다고. 지인들에게 농담을 던지고 속으로는 흠칫 놀란다. 마른 몸에 큰 가슴이라는 불가능한 도식을 나 또한 농담이라고 지껄이고 있으니 말이다. 이게 재미있나. 정말 우리는 이 농담이 재미있어 웃는 것일까. 남자가 했으면 돌로 처맞을 얘기를 여자이자 당사자인 내 입으로 하는 건 괜찮은 걸까. 내 몸을 스스로 희화화하고 대상화하는 일은 처맞지 않을 일인가.

6개월 동안 착실하게 병원을 드나든 덕에 가슴은 예전 사이즈보다 약간 큰 상태로 부풀었고, 지난한 수술 날짜 기다리기의 시즌이 다가왔다. 그동안 나는 몸 관리를 잘하고 수술 후에 또다시 급성 오십견이 오지 않도록 근육 운동을 열심히 해야 한다. 그렇게 하면, 비록 조금은 기괴한 모습이지만, 벗지 않으면 절대 알 길 없는, 예전 상태로 돌아가게 될 것이다.

그런데 내가 딱 이 지점을 통과한 당시, 회피와 망각이라는 시스템이 작동을 멈추었다. 노브라의 아이콘이 돼버린 설리와 뒤를 이어 구하라까지, 비슷한 맥락에서 사람들의 입에 오르내렸던 두 여성이 세상을 등졌다. 구하라의 경우는 데이트 폭력과 불법 동영상 촬영의 피해자인데도 불구하고 욕을 먹었더랬다.

그런 두 사람의 안타까운 죽음에 나는 말 그대로 할 말을 잃었다. 적어도 화면이나 사진에서 보던 두 사람은, 논란에도 불구하고 잘 지내고 있는 것처럼 보였다. 심지어 어떨 때는 피해자 코스프레라도 해야 하는 것 아니냐고 항변하는 사람들에게 빌미를 제공한 부분이 있다고 느끼기도 했다. 그렇게 사람들의 오해와 왜곡 속에 두 사람이 극단적인 선택을 하고서야 내가 저지른 폭력이 눈에 보였다. 그래봐야 이삼일 정도 정신줄 놓은 상태로 지낸 것에 불과하지만. 며칠이라는 시간이 한 사람의 인생에 큰 영향을 미칠 수도 있다는 것을 이제는 안다.

그런 것을, 나는 돌아올 수 없는 강을 건넜다고 표현한다. 예전의 여성성(?)을 되찾기 위해 복원 수술을 앞두고 있는 나지만 솔직히 누굴 위해 복원을 하는 건지 잘 모르겠다. 지난 글에서 말한 것처럼 내게는 가슴=여성성의 도식이 정립되어 있지 않으므로. 한 가지, 수영장 샤워실에서 무너지고 다소 흉측한 가슴을 봐야 하는 동료 수영인들을 위해서라고 할까. 아니면 그들이 내지르는 시선 폭력으로부터 멘탈을 보호하기 위해서일까.

내 사정을 아는 수영장 '언니' 한 명이 우리 레인에도 절제한 가슴 그대로 다니는 이가 있다는 얘기를 전해주었다. 내가 가리고 샤워하는 모습을 봤노라며 전혀 없는 사람도 그냥 하니 용기를 가지라고 했다. 아직은 자신이 없다고 대꾸하는 나를 잔뜩 동정하는 눈길로 격려한다. 예전 같으면 저런 시선을 견디기 어려워 타인에게 절대 털어놓지 않을 말들. 그 안에서 설리와 구하라가 통과한 시간을 떠올리게 된다. 그들과 나의 세대 차이만큼이나 정도의 차이는 있겠지만 나와 같은 지점이 있었으리라. 그 지점에 공감하기에 그들의 죽음에 내 마음이 공명했던 것일 테고. 믿기 어려운 일이지만 이 나이에도 생각이 자란다. 질문이 많아진다.

나쁜 소식

　나에겐 20년 넘게 만난 친구들이 있다. 나를 포함해 네 명인데, 우리는 고등학교 동창이다. 진학과 졸업, 취업, 결혼, 출산, 육아라는 인생의, 그리 짧지 않은 터널을 통과하면서 어느 때는 하루가 멀고 만나기도 했고 어떤 해에는 거의 1년에 한 번 만날까 말까 한 시절을 거쳤다. 거의 1년 만에 만났어도 어제 만난 것처럼 어색함은 1도 없는 그런 관계다.

　우린 전공도 다르고, 하는 일도 다르고, 결혼이나 육아에 관한 한 모두가 다른 길을 걷고 있다. 그럼에도 오래도록 관계가 유지되는 이유에 대해서는 서로가 의아해하고 있다. 성격이나 기질이 비슷한가 하면 그렇지도 않다. 기본적으로 각자가 개성이 강하다. 친구들은, 말하자면, 음, 뭐랄까. 다들 사교성 하나는 타고났다. 다른 사람에 대한 배려가 몸에 배어 있거나, 겉으로는 그런 척하지 않아도 결국에 배려하고 마는 성품을 지녔다.

그래서 늘 공사다망하다. 그리고 이런 면모는 나와 그들을 구분 짓는 가장 큰 특성이다. 내 경우엔 친구들이나 가까운 사람에 대한 마음 씀과 그 외의 사람들에 대한 태도가 확실히 다르다.

그런 점 때문에 친구들에게 짐처럼 작용했던 현실을 원망하며 그들을 나무라기도 했다. 왜 좀 더 냉정하지 못하냐고, 관계를 끊을 줄도 알아야 한다고, 하지만 소용없다. 그것이 그 사람의 본질이니까. 앞에서는 잘 알아먹는 듯 보이지만 다음 날이면 제자리다. 나의 말은 모두 증발한다.

안다고 믿었던 것이 전부였던 시절에는 그런 반복에 지쳤고 매번 똑같은 말을 주워섬기는 스스로를 한심하게 생각하기도 했다. 왜 변하지 못하는지. 왜 항상 같은 작용-반작용인지. 누가 들으면 나는 꽤 훌륭한 인생을 산 줄 알겠다. 내가 그런 생각을 머릿속에 담고 있었던 건 단지 좀 더 한가했을 뿐인데.

스무 살밖에 안 됐는데 백 년은 산 것 같아. 사는 게 지긋지긋해. 생전 처음으로 고민이랍시고 털어놓은 말이 아무런 반응도 받지 못하고 허공에서 사라진 걸 목도했을 때 다시는 고민 같은 걸 남에게 털어놓지 않으리라 다짐했더랬다. 어째서 이런 실존에 대한 고민이 이 자리에서 받아들여지지 않는 걸까. 나랑 가장 닮았다고 느꼈던 이들에게서 어떤 공감도 끌어내지 못했을 때의 절망감은 고통스럽고 외로웠다. 원래도 내 얘기를 잘 안 하는 편이긴 했지만, 누구에게도 심중을 털어놓지 않는 습관은 꽤 오래전부터 시작된 셈이었다.

그때로부터 십 년이 훌쩍 지난 후, 당시에 그들이 처해 있었던 상황에 대해 좀 더 분명히 알게 된 계기가 있었다. 당시 얘기가 얼마나 뜬구름 잡는 얘기처럼 들렸을지. 지금은 안다. 처음으로 사회에 내던져진 그들의 혹독한 삶의 현장에서 근본적인 질문이 가닿기란 불가능한 것이라는 것을. 그때의 다짐을 되돌릴 수는 없지만, 후회는 뼈저리게 찾아왔다. 오만함이 사람의 눈을 어떻게 흐리게 하는지를 알았다. 정작 봐야 할 것은 보지 못하고 헤아려야 할 것은 외면하도록 만들었음을. 왜 공감해주지 않지. 원망했던 마음은, 결국 그들에게 한 치도 곁을 내어주지 않은 게 나였음을. 이제는 안다.

그게 좋은 일이든, 슬픈 일이든, 화나는 일이든. 일상에 미세한 균열이 생길 때면 가장 먼저 떠오르는 얼굴들이었다. 지금은 솔직히 말하면, 가장 먼저는 아니다. 하지만 암 선고를 받은 후 가족 다음으로 떠오른 얼굴은 당연하게도 그들이었다. 까다로운 성질을 가진 환자인 나는, 내 이야기가 가십처럼 소비되는 것이 싫었고 그런 의미에서 신상의 변화를 이야기할 사람을 고르고 골랐다. 신바람 나는 얘깃거리는 아니었지만 이야기할 수 있어서 다행이라고 생각한다. 그렇게 생각할 수 있었던 데는 친구들의 반응이 충분히 예상 가능했기 때문이었다. 그게 무어든 진심일 것이라는 데는 의심의 여지가 없었으니까. 내가 구구절절 이야기하지 않았어도 나의 변화와 성장과 찌질함과 모든 추잡스러움까지 다 지켜본 유일한 눈이기 때문에. 배제는 있을 수 없는 고려였다.

이 나이쯤 되고 보니 여기저기 하나씩 몸에서 삐걱대는 소리가 들리고 나처럼 갑작스레 암 선고를 받기도 한다. 몇 년 전에 친구 중 한 명이 수술을 한 적이 있었다. 그때의 나는 회피모드였다. 환자인 친구를 배려해서 괜찮은 척했던 게 아니라 안 괜찮아서 괜찮은 척을 했더랬다. 의연하게 잘 대처했어. 스스로 칭찬이라도 해주고 싶은 심정이었지만 실은 눈과 귀와 마음을 다 닫아버린 상태였다. 당시 계속되던 부침에 속수무책으로 무너지고 싶지 않았던 나는 단단한 고치 속에 나를 가두는 법을 터득했다. 무의식에 슬픔과 고통을 차곡차곡 쌓는 법을. 의연함과는 당연히 거리가 먼, 어쩌면 대척점에 서 있는 듯한 태도였다.

우리를 둘러싼 세계는 어쨌든 변화를 계속하고 있다. 진보든 퇴보든 제자리든. 누군가는 암에 걸리고, 집안에 우환이 생기고, 크고 작은 걱정거리에서 놓여나지 못하는 시절, 그 세월을 어떻게 견디며 살아왔는지 모르겠다. 전혀 괜찮지 않다. 내 뒤를 이어 암 선고를 받은 친구에게 예후가 좋은 종류라고. 수술만 하면 잘 될 거라고. 빨리 발견해서 좋은 거라고. 그런 말을 내뱉을 내 모습을 생각하니 견딜 수가 없다. 짧지 않은 세월을 봐왔으면서, 그들이 가진 서사를 다 아는 입장에서 그런 말을 하려니 뒤통수가 서늘하다. 생각 없이 뱉은 말에 상처받을 그들도 아니지만, 그냥 그러려니 해주련만… 그걸 알면서도 아무 말도 할 수가 없을 것 같다. 내버려 두면 아무 말이나 지껄일까 두렵다.

환자가 되는 것도 싫지만 환자가 된 친구를 앞에 둔 심정도 결코 녹록지 않음을 알게 된다. 깨달음의 순간은 반갑지만 이런 상황에 익숙해지는 법은 배우지 못한 모양이다. 배우는 게 가능할지 모르겠다.

어느 암 환자의 운수 나쁜 날의 기록

망각이나 회피는 나를 거지 같은 현실에서 구해내 주는 방어기제지만 도구는 주인의 정서적 성숙이나 발전에는 별다른 관심이 없다. 때로 우리는 그것을 휘두르는 것은 자신이라는 명백한 사실마저 잊어버리곤 한다.

그리고 처참한 현실 앞에서 깨달음의 순간이 찾아오고 후회해보지만 나아지는 건 아무것도 없다. 결국 얼마나 잘 기억하고 곱씹고 성찰하느냐에 인류의 미래가 달린 것 같다. 인류의 미래는 그렇게 유지되겠지만 개인의 일상은 그러는 동안 무너질 수도 있는 법이다. 망각과 회피의 시스템이 작동하지 않는다면 온몸으로 현실을 마주하고 살아내야 하기 때문이다.

균형의 지점을 찾아내는 일은 그래서 중요하다. 적당히 잊고 피하되 마주할 때는 오롯이 마주할 것. 그리하여 지금의 나는,

피할 것인가, 마주할 것인가. 선택의 순간에 나란 인간의 결이 그대로 드러난다. 빼도 박도 못한다.

중요한 것은 이미 한 선택에 후회의 꼬리를 내리지 말기. 오로지 선택과 행위의 실천으로만 나 자신의 실체를 인정할 것. 마음속에서 일어나는 태풍에 기대 자신에 대한 결론을 내버리는 우를 범하지는 말 것. 사람이란 무릇 자신의 머릿속에서 일어난 일에 빗대 변명을 허락하는 잘못을 하기도 하는 불완전한 존재이기 때문이다. 인간으로서 내가, 불완전한 존재라는 것을 인정해도 여전히 한계는 쓰라리다.

생각보다 선택의 순간은 자주 찾아오는 것 같다. 점심 메뉴를 결정하는 정도의 선택이라면 기꺼이 하겠지만 선택의 무게는 매번 같지 않다. 그걸 알만큼은 살았기에 선택하는 것이 두렵다. 선택이 두려운 나머지 결정을 미루다가 종종 이도 저도 아닌 것이 되어 결국에는 '아, 몰라. 될 대로 돼라'로 끝맺음 된다. 그렇게 흘러가는 대로 살아온 인생의 총합이 지금의 나다.

따지고 보면 어떤 선택은 단순히 오늘 해야 할 일을 내일 이후로 미루는 결과를 가져올 뿐이지만 어떤 선택은 훨씬 더 엄중하고 무겁다. 일론 머스크가 추진한다는 우주 프로젝트에 편도로 참여하고 싶어지게 하는 우리 사회의 여러 사건, 사고를 앞에 두고 나는 망각과 회피의 전술을 적절히 버무려 그로 인해 더 안온해질 나의 일상을 '선택'한다.

어김없다. 평온한 일상을 방해하지 않는 선에서 할 수 있는 무언가를 최대한 과장된 동작을 뒤섞어서 해낸 다음, 머릿속에서는 나의 '선택'을 합리화할 단어와 문장을 만들어낸다. 동시에 스스로에 대한 환멸이 자라나지만, 일상이 안전해질 때까지 조용히 무시한다. 이것도 기술이라 할 수 있는 것인지 해가 갈수록 는다.

개인의 회피와 망각의 기술은 그저 게으른 자기에 대한 한심함과 실망감을 동반할 뿐이라 해도 이 상태를 장기적으로 가져가는 경우는 그리 간단치가 않은 걸 깨닫는다. 요즘 들어 신발을 잃어버리는 꿈을 반복해서 꾼다. 무의식 한 켠에 밀어 놓았던 게으른 선택들이 정면으로 묻고 있는 것이다. 너는 누구인가. 너는 뭘 하는 사람인가. 꿈 읽기를 하려고 책을 뒤적거릴 필요도 없다. 나의 무의식이니까. 나는 이미 답을 알고 있다.

현실과 이상을 되는대로 버무린 곳에 타고난 내 기질까지 보태고 만 결과다. 알면서도 어찌 해결할 수 없는 내 안에 내재된 모순. 나이를 먹는 만큼 아포리아의 경험이 내 안에 쌓여간다. 사람이 그렇게 늙는가 보다. 늙는다는 건 불완전한 나를 인정하면서도 아포리아를 받아들이는 과정인가보다. 물리적인 숫자가 더해지기 때문이 아니라 늙는 것은, 그래서 힘겹고, 그래서 싫다.

아프지만, 살아야겠어

객사의 재발견

오케이. 일단 심호흡이 필요할 것 같다. 중요한 건 죽음 앞에서도 평정을 잃지 않는 것이다. 뭐 내가 당장 죽는다는 것은 아니고. 항상 죽음을 최악의 상황으로 상정해 놓는 버릇이 있는 편인지라 그렇다. 중요한 건 평정심을 잃지 않는 것. 그렇다고 해도 막상 실제로 내가 죽을 수도 있다는 진단, 그러니까 암이라는 걸 알았을 때 마냥 평온할 수만은 없었다.

우선 나로 인해 상실감을 겪게 될 가족들이 먼저 떠올랐다. 죽음 앞에 누구나 외롭고 평등(?)하지만 모든 죽음은 개별적이고 고유하다. 무엇보다 내 보살핌이 절실한 아이들이 가장 걱정이고. 자식을 먼저 앞세워 보낼 아픔을 겪을지 모르는 부모님이 떠오른다. 왜 배우자가 아이들 다음이 아닌지는 굳이 말하지 않겠다. 그 얘길 하려면 다른 주제로 책 한 권은 써야 할 판이니까.

사실 원하는 죽음이 어떤 것이냐고 묻는 말에 난 대체로 사람들이 깜짝 놀랄만한 답을 내놨다. 낯모르는 곳에서 객사하는 꿈이 있다는. 그렇다. 가족들이 들으면 기절초풍할 일일 수도 있겠지만 몇 년 전부터 줄곧 그렇게 생각해왔고 남몰래 꿈을 키워왔다. 장례식 같은 것도 필요 없고 굳이 한국 땅에 묻히고 싶은 바람 같은 것도 없었다.

왜 그런가 하면 죽는 순간까지 침대에서 혹은 병원 신세를 지지 않겠다는 뜻이 있었기 때문이다. 따지고 보면 객사하기도 은근히 어렵다. 객사를 하려면 우선 병들지 않아야 한다. 그렇게 돌아다닐 수 있을 체력이 남아있어야 하고. 어느 정도 경제적인 부분도 해결이 되어야 한다. 길에서 노숙하겠다는 뜻은 아니니까. 내가 그동안 살아왔던, 가족들이 기거하고 있는 집이 아니라 조금은 낯선 어느 땅. 언어도, 마주치는 얼굴도 조금은 낯설거나 알게 된 지 얼마 안 되는 삶을 살다가 가는 것. 그런 의미다.

그러려면 꽤 까다로운 조건이 있다. 경제적인 부분이 우선 해결되어야 하고. 계획대로 진행된다면 그때까지 글 쓰는 일을 하게 될 것이고. 그리고 무엇보다 건강해야 한다. 갑작스레 질병으로 사망하게 되더라도 내가 알아채지 못하거나 적어도 고통

아프지만, 살아야겠어

스럽지는 않아야 한다는 것이다. 당연히 체력도 따라줘야 한다. 체력이 없으면 일단 귀차니즘이 발동할 것이고 그럼 꼼짝없이 가족들에 둘러싸여 임종을 맞게 될지도 모를 일이다. 그게 나쁘다는 것은 아니다. 이번 일로 누구보다 가족의 존재에 대해 의식하게 된 나로서는 그런 임종을 꿈꾸는 데 전혀 거부감은 없다. 다만 내가 평소 원하던 것이 아니기에. 갈 때만이라도 내 결대로 가고 싶다는 바람 때문이다.

가족들이 서운할 수도 있겠다고. 이 꿈에 차마 동의하지 못하는 대다수 지인은 쓸쓸하게 말한다. 뭐 그럴 수도 있겠다고 얘기하지만, 평소의 나를 아는 사람이라면 그렇지 않으리라. 미리 마음의 준비를 시키는 것도 먼저 가는 사람으로서 해야 할 도리가 아닐까 싶다.

형식적인 장례 절차에 대해서도 할 말이 많다. 그러나 사람 대부분이 가는 길에 대해 비난하고 평가하고자 하는 의도는 추호도 없기에 여기서는 말을 아끼기로 한다. 다만 기름이 둥둥 뜬 육개장과 왜 있는지 의도를 알 수 없는 마른안주들을 세상 떠나는 길에 떠올리게 하고 싶진 않다. 사람 사는 것 다 비슷하다. 물론 결과적으로 맞는 말이긴 하지만 그리고 싶어서 그러는 건 아니라고 생각한다. 다를 수 있다면 마땅히 그래야 한다.

내가 바라는 종말을 그려보기로 한다. 가능하면 물가가 싸고 바다를 늘 볼 수 있는 곳이면 좋겠다. 그런 곳에서 오전엔 글 쓰고 오후엔 노는 생활을 하다가 어느 날 명이 다해 아침에 깨어나지 못한다. 매일 아침 들르던 노점 주인에 의해 그리 오래지 않아 발견된다. 평소에 나누었던 대화들. 가족도 아니고 친구도 아니지만, 기꺼이 뒷수습을 맡아준다. 어쩌면 한국에서 가족들이 오게 될 수도 있겠지. 그곳이 어디든. 화장되어 가루로 남은 나는 그곳에 뿌려진다. 눈물을 미뤄둘 줄 아는 소수의 사람만 기억하게 될 그곳에.

통곡 소리도, 향도, 국화꽃도 없다. 육개장은 당연히 없다. 조곤거리는 대화와 정돈된 미소 정도가 있을 뿐이다. 산 사람은 살아야 하니까 기왕이면 로컬 음식을 먹었으면 좋겠다. 그 정도 대접은 내가 미리 준비하고 갈 수 있기를 바라고 있다.

나에 관한 얘기를 나누는 몇 명의 사람들. 가끔 크게 웃음이 터지기도 한다. 대화를 나누는 중에 나오던 음악이 나를 떠오르게 하는 곡이라면 조금 슬플 수도 있을 것 같다. 그러면 조금 울어도 괜찮을 것 같다. 그들이 일상으로 돌아간 뒤 일상을 살다가 가끔 나를 떠올렸을 때 사는 데 지장이 없을 정도로만 울면 좋겠다. 조용히 웃어주면 기쁠 것 같다. 그것이 내가 꿈꾸는 죽음의 풍경이다.

당장 죽을 계획은 아니다. 백 살까지 살겠다는 야심 찬 계획도 없다. 게다가 암에 걸려서 죽을 생각은 추호도 없다. 아, 제발 갈 때는 내가 뜻하는 대로 갔으면 한다. 세상일이 다 뜻대로 되는 것은 아니지만 이번만큼은 기필코. 병원 침대에서 온갖 기계장치를 매달고 죽는 것은 정말 계획에 넣고 싶지 않은 일이다. 누구라도 그러지 않겠냐마는 선택할 수 있다면 누구라도 바라는 대로 가길 바라는 마음이다. 인생에 좋은 일도 하나쯤 있어야 하지 않겠나. 암에 걸리고 유난히 투정만 많아지는 모양이다.

세상에 다르게 생긴 가슴이
많아지면 좋겠다

　유륜 타투 시술에 들어가기 전날까지만 해도 마음을 정하지 못했다. 정말 이게 필요한 일일까. 환자가 되면 대학병원에서 정해주는 치료 방법과 순서대로 나도 미처 마음을 결정하기 전에 모든 일이 결정되는 것 같은 느낌이다. 물론 최종 결정은 환자가 하는 거라고 다들 말하지만 어쩐지 표준 치료라는 매뉴얼 밖으로 벗어나면 크게 혼날 것 같은 감각적인 느낌에 그만 입을 다물고 마는 것이다. 질문할 시간, 고려할 시간 같은 건 시스템을 크게 해치는 행위나 마찬가지다.

　그런 과정에서 어물쩍거리다 나도 인식하지 못한 새 유륜 타투라는 시술을 하루 앞두고 있는 시점에서 하나 마나 한 고민이란 얼마나 쓸모없는 요식행위인가. 이른바 표준 치료라는 것이 사람을 얼마나 기계적으로 만드는지 알 것 같은 기분이었다. 심지어 유륜 타투라는 시술은 그저 내가 유방암 수술로 유방 조직을 전부 다 잘라냈다는 점을 가려주는 미용성형에 가까운 것인데 말이다.

그러거나 말거나 나는 착실한 환자 노릇에 취해 어느새 시술실 앞에 서 있었고 다시는 눕고 싶지 않았던 수술실 침대에 단정하게 누워있는 처지였다. 사람들 앞에서 몸을 드러내는 게 이력이 난 것인지, 내 것이 아니어서 그랬는지 가슴을 훤히 내놓고 있어도 어색한 느낌이 없다. 환자 노릇도 이력이 날 수 있는 것일까.

머릿속이 복잡해 보였는지 시술을 담당한 젊은 의사가 "타투 처음이세요?"라는 말로 분위기를 풀어보려고 한다. 이런 걸 여러 번 하는 사람도 있나 싶어 쳐다봤더니 눈썹이나 입술, 몸에 하는 타투를 말하는 모양이었다.

문신이란 걸 처음 하는데 그게 유륜 타투인 것이 불행인가 다행인가 생각하는 동안 의사는 타투하는 과정에 관해서 설명하기 시작했다. 중간중간 통증이 심하지 않은지 물어봤고 그때마다 나는 전혀 아무렇지 않다고 대답했다. 통증이란 것도 개인차가 큰 것이어서 마취를 위해 피부에 주사를 몇 번 찔러 넣을 때 따끔한 것 말고는 별 느낌이 없었다. 이런 걸 아파하는 사람이 있는지 궁금해졌고 의사는 사람에 따라 다르기 때문에 많이 아파하는 환자도 있다고 답했다. 그러면서 자신이 만난 환자의 남편이 수술실까지 들어와서 색을 좀 더 진하게 해 달라, 유륜을 좀 작게 그려 달라 등 이래라저래라했던 적도 있다면서 황당한 표정으로 웃었다. 나는 웃어야 할지 화를 내야 할지 판단이 서지 않아 멍한 표정이 되었다. 담당 의사와 시술을 돕는 의료진도 황당했겠지만 가장 황당한 사람은 아마 침대에 누워있는 환자가 아니었을까 생각했다. 그 사람은 자기 몸에 대해 이런저런 주문과 통제를 가하는 남편과 사는 삶이 과연 어땠을까. 그 사람은 자기 가슴이 마치 남편 소유인양 이런저런 주문을 하는 남편이 지긋지긋했을까, 아니면 못 말리는 양반이라고 조금은 부끄러운 마음으로 자신이 사랑받고 있는 증거를 확인한 양 행복해했을까.

후자의 경우라도 그 여성을 비난하고 싶은 생각은 없다. 그저 우리는 거대한 사회의 프레임에 길들어 있는 소시민일 뿐이니까. 어쩌면 암 치료를 하느라고, 먹고사는 문제에 천착하여 자기 몸의 주체가 누구인지 따져볼 성찰의 시간을 전혀 갖지 못했을 수도 있으니까.

그렇다 해도 질문은 남는다. 나는 무슨 이유로 조금이나마 정상적으로 보이겠다고 보험도 안 되는 100만 원짜리 시술을 받아 가며 이 시간을 견뎌내고 있는 것인지. 핑계는 그랬다. 수영장에 다니려고 한다면 유두가 없거나 유륜에 색이 없는 가슴보다 훨씬 눈에 띄지 않을 테니까. 그러니까 나는 다른 사람과 같아 보이기 위해 이 자리에 누워있던 셈이었다. 아무리 개성이나 독특함이 칭송되는 시대라고 하지만 이건 개성이나 유니크함의 차원이 아니라 정상과 비정상의 차원에서 해석되는 것이기 때문이란 말이다. 아무도 유두가 없는 가슴, 유륜에 색이 없는 가슴을 개성 있다고 표현하지 않을 것이므로. 이런저런 설명을 많이 해야 하는 삶이란 너무나 불필요하고 귀찮은 것이므로.

아무 생각 없이 무언가를 받아들인 결과가 이런 것이다. 어떤 노력을 해도 다시는 자연스러워 보일 수 없는 몸과 결제를 기다리고 있는 영수증 더미. 길게 자국이 남은 흉터와 더불어 누가 봐도 인공적인 색이 입혀진, 내 것이 아닌 가슴을 보고 있자니 조금 더 용기를 내볼걸, 그랬나 하는 아쉬움이 진하게 남는다. 나도 적응하려면 시간이 필요하지만 다른 사람들도 마찬가지일 것일 텐데 그들이 우리 사회의 다양함을 받아들일 기회를 내가 박탈한 것은 아닌지 하는 생각마저 들었다. 정상과 비정상으로 가르지 않고, 다름을 인정할 수 있는 여유란 겪어봐야 쌓이는 마일리지 같은 것이기 때문이다. 어찌 됐든 세상이 다양해지고 그 점을 받아들이는 사람이 점점 많아진다는 것은 좋은 일이라 여기고 있기에.

'누구나 다 그렇다'는 말

　속으로 작게 한숨을 쉬었다. 그래, 이런 식이군. 그런 생각이
절로 들었지만, 입으로 내뱉지는 않았다. 대신에 입에서는 다른
말이 나왔다. "왜요? 왜 그래야 하죠?" 심리상담사는 약간 당황
한 것처럼 보였다. "아니, 왜 늘 여자들만 우쭈쭈 해야 하나요?
남편들이 결혼을 했으면, 게다가 성인인데 가족들을 위해서 집
안일에 알아서 참여해야 하는 거 아닌가요? 왜 그걸 부인들이
어르고 달래가면서 시켜야 하는 건가요?"

　말은 그렇게 했지만 나도 안다. 그런 말을 한 심리상담사는
그저 사회에서 통용되는 이른바 '남편을 부려 먹는 기술'을 읊
었을 뿐이라는 것을. 그게 현명한 아내의 처신처럼 여겨지는 가
부장제 사회에서 나처럼 반응하면 '예능을 다큐로 보는' 것처럼
분위기 파악도 못 하는 사람으로 취급된다는 것도 안다. 하지만
생각해 보면 웃기지 않는가. 남편들이 집안일에 조금이라도 더

참여할 수 있도록 아내들은 화를 눌러가며 "잘했다.", "고맙다." 라는 말을 해야 한다는 것이 정녕 기술이나 가정생활의 비법이라고 할 수 있나. 그전까지는 사실상 맘에 들지 않아도 그냥 넘어갔지만, 상담사의 이 발언에 결국 나도 참지 못하고 터진 셈이었다.

암 환자들이 사회에 복귀하는 데 어려움을 겪는 것도 일부분 사실이고, 암과 함께 살아가는 법을 좀 더 수월하게 하려는 방편으로 환자들은 심리상담가에게 도움을 얻기도 한다. 나도 모든 수술을 마친 후에 기회가 생겨 심리상담을 한 번 해보았다. 사실 암 환자라는 사실을 첫 회기에 밝혔음에도 불구하고 상담가는 그 부분에 대해서는 크게 개의치 않는 듯했다. 암 환자라는 사실이야 굳이 상대방이 지적해주지 않아도 내가 잘 아는 부분이니까 나도 그편이 편했다. 질병과 노화, 죽음이라는 부분을 어떻게 다루고, 일상에 어떻게 버무려야 하는지 궁금했지만, 상담사는 좀 다른 부분에 관심이 있는 듯했다.

일단 검사를 이것저것 많이 했다. HTP 검사라고 하는 그림을 그리는 검사부터 시작해서 성격, 기질 검사 등등 답변해야하는 문항만 500개가 넘었다. 나를 파악하기 위한 거라고 하니, 게다가 나 또한 결과가 궁금하기도 했고 2회차까지는 나로서도 상황 파악을 하는 시간이었기도 했다. 세 번째 만남에서 말하자면 '독박육아' 시절을 이야기하다가 문제의 발언이 나온 것인데 그런 말을 꺼낸 상담사를 비난하고픈 마음은 없다. 다만 내가 이야기하고 싶은 건 왜 모든 심리상담이 이런 식이냐는 것이다.

　예를 들면 HTP 검사라고 해서 나무를 그리라거나 집을 그리라거나, 남자, 여자를 그려보라는 주문을 한다. 그걸 그리는 시간이나 그린 내용, 거기에 내가 덧붙이는 설명 같은 걸 종합해서 내 심리상태를 파악하는 모양인데 이것도 꽤 틀에 박혀 있다는 생각을 떨칠 수가 없었다. 상담사가 나무를 그리라고 해서 나무를 그리는데 내 그림 실력을 보려는 검사가 아니니까 당연히 일필휘지로 그림을 그렸고 초를 재는데 초시계를 작동시킨 후 바닥에 내려놓자마자 그림을 다 그리곤 해서 상담사의 손이 굉장히 바빴던 기억이 난다.

　나무를 그리면서 속으로 그런 생각을 했다. 그림 실력은 엉망인데 잘 그리려고 할 필요가 없다는 건 알고 있었다. 그러니 그저 생각나는 대로 그림을 그리면 되리라 생각했는데 그리다가 보니 나뭇가지를 그려야 할 것 같았다. 그런데 그냥 귀찮은 생각과 가지를 그리면 굉장히 너저분하게 될 것 같아서 가지를 그리지 않고 연필을 내려놨다. 그랬더니 상담사가 가지는 나의 사회적인 관계를 말하는데 그림에 가지가 전혀 없다면서 내게 그

　　　　　　　　　　　　　아프지만, 살아야겠어

부분에 문제가 있음을 암시했다.

그러나 사회적 관계로 말할 것 같으면 전혀 사실이 아니다. 내가 가진 사회적 관계란 넓다고 할 순 없어도 굉장히 깊은 관계를 맺고 있다고 생각한다. 일상을 공유하는 것은 물론 그들과 노후를 함께 보내는 계획까지 마음에 품고 있고 서로 그런 말을 나누기도 하는데 그쪽에 문제가 있다고 판단하는 건 좀 억울한 측면이 있었다. 그게 잘못되었다는 건 아니라고 해도 사실상 나를 지탱하고 있는 가장 큰 힘 중 하나인데 그 부분이 지적을 당하니 내가 좀 억울했었나 보다.

그림으로 하는 검사가 무슨 족집게 신점도 아니고 나에 관한 모든 걸 맞춰야 한다는 의무 같은 것도 없으니 그 부분은 그냥 넘어갔지만 전술한 남편 우쭈쭈 부분에서는 터져 나온 것이다. 다시 한번 말하지만, 상담사와 나는 그간 꽤 좋은 라포를 형성해왔고, 그 이후에도 그랬다. 그럼에도 불구하고 말하자면 나의 뇌관 같은 걸 건드린 셈이었다. 상담사는 그날 상담이 끝날 무렵에 내게 사과해왔다. 자신도 실은 내 생각에 동의한다면서 그런 말을 한 것은 실수라고 했다.

내 생각에 동의하는 사람이 애초에 왜 그런 얘기를 꺼냈는지 의문이 들었지만 사과하는 사람 앞에서 따지고 들기란 사실 어려운 일이어서 그저 받아들였다. 그러나 마음에는 여전히 의문이 남았다. 암 환자라고 하면, 상담에서 그 부분을 중요하게 다룬다고 한다면, 과연 상담사들은 각각의 환자들을 개별적인 존재로 대할 수 있을까 하는 것이었다.

심리상담도 학문이기에 나는 잘 모르는 어떤 체계와 틀 같은 것들이 있을 것이라 짐작을 한다. 환자를 대할 때 라포 형성이 중요한 것을 강조하는 것처럼 매뉴얼 같은 것도 분명히 있을 거라고 생각한다. 그래서 지금까지 내가 상담실에서 만난 상담사는 비록 몇 명 되지는 않았지만 한결같은 태도와 느낌을 주는 사람들이었다. 이런 식으로라면 나와 맞는 상담사를 만나기란 상당히 어려운 일일 것 같다는 생각이 들었다.

물론 나 같은 내담자를 상대하는 일이 녹록지 않을 거라는 건 안다. (오백 가지의 질문에 답해야 했던 검사에서 나는 모든 항목에서 완벽하게 안정적인 범위에 들어가는 결과를 보였다. 상담사 왈, 그런 경우에 자기통제 능력이 매우 발달해 있다는 뜻이고 그것 자체로 문제가 될 수 있다고 했다. 내가 그만큼 완벽한 인간일 리 없고, 말하자면 나는 완벽하게 검사에 적합한 정답을 체크했던 것이다.) 내 얘기를 잘 풀어나가야 하는 상담에서 내 얘기 하기를 싫어하는 내담자라니 말이다. 내가 지금까지 사회에서 그래왔듯 내가 보여주고 싶은 면만 보여주고, 해도 안전하겠다 싶은 얘기만 한다면 상담이 잘 될 리가 없다는 건 나도 안다.

그러나 한편으로 좀 아쉬운 것은 내가 암 환자라는 사실, 감정적으로 무너지는 모습을 보이기 싫어한다는 점, 가부장제에 대한 반감이 있다는 점을 첫 시간부터 알고 있었던 만큼 나라는 개별 인간에게 맞춤한 상담을 진행했으면 분위기가 많이 달라졌을 거라는 것이다. 누군가가 집중해서 내 얘기를 들어주고 오로지 내게 집중할 수 있는 시간이 주어진다는 건 참으로 괜찮은 기분이었다. 그러나 결과적으로는 어떤 둑이나 벽을 무너뜨리는 데는 역부족이었다고 말할 수밖에 없고, 그 점이 나로서도 아쉬운 대목이다.

다른 환자들의 상담에 대해서도 떠올려보게 된다. 과연 그들은 상담실에서 뻔한 위로나 충고 말고 제대로 된 위안의 시간을 가질 수 있었을까. 상담하는 목적과 그 끝에 이루고 싶은 목표는 각자 다르겠고, 암 환자라는 동질성이 있다고 해도 개인의 특성이란 워낙 다양한 것이어서 질병을 받아들이는 방식 또한 다르다. 누구나 다 그럴 거라는 말이 내가 겪은 고통과 괴로움을 납작하게 만드는 것 같아서 듣고 싶지 않았다. 결과적으로 그렇다고 해도 나에게는 처음 겪는 고통이고 외로움이고 괴로움이어서 그런 말은 듣고 싶지 않다.

노화에 대해 말하기

"만약 지금이 내 인생의 가장 아름다운 순간이라면 그것참 유감이네 _{브로콜리너마저의 노래 '서른'의 가사}." '브로콜리너마저'는 부럽게도 '유감' 정도를 표명한 사실에 나는 '그렇다면 내 인생은 X망했네' 정도의 평가를 내릴 수 있겠다. 단순히 겉모습의 아름다움을 노래한 가사는 아니라는 걸 알지만 나 또한 겉모습의 노화나 덧없음을 이야기하는 것은 아니다. 노화가 이미 시작된 얼굴과 더 이상 무슨 짓을 해도 나아지지 않는 몸의 라인, 단순히 멋내기용이 아니라 추함을 가리기 위해 쓰는 게 명백한 일상 속 모자 쓰기까지. 아무리 내 몸은 교정의 대상이 아니라고 나 자신을 타일러 봐도 미모와 젊음이 곧 권력인 사회에서 그러지 않기란 상당히 어려운 일인 것이다.

어쩌면 그 말이 맞을 수도 있겠다. 단순히 노화라는 측면에서 보면 오늘은 당연히 내일보다 덜 늙었을 테니까. 다른 면에서도 그다지 개선의 여지라는 건 없다는 점이 함정이라면 함정이겠지만 말이다.

나이를 먹는다는 게 대체 무슨 이점이 있을까 싶었다. 질병을 앓고 있는 입장이다 보니 노화와 투병이라는 문제를 동시에 해결해야 하는 상황에 처해 있는 나는 말 그대로 거대한 벽에 세게 부딪힌 것 같은 느낌이다. 노화인지 병에 따른 후유증인지 여러 가지 불편하고 추레한 상황을 골고루 겪어야 했다. 오십견부터 두드러기, 퇴행성관절염, 노안, 일시적인 요실금까지. 아직 그 정도 나이는 아니지 않냐고 항변해 봐도(누구한테 항변하고 있는 거니?) 내가 겪고 있는 현실은 다르게 말하고 있는 셈이었다.

그렇다. 대체 이점이 뭐냐는 말이다. 근육 힘은 빠지고, 여기저기가 고장 나지 않으면 통증이 있고, 앉았다가 일어나면 어쩐 일인지 의도하지 않아도 '아이고' 소리가 자동으로 튀어나온다. 나도 '세상에 이런 일이'에 나오는 어르신들처럼 플랭크 10분 버티기에 도전해 보거나 몸에 울룩불룩한 근육을 키워 노화를 제대로 극복한 사람이 되어야 하는 걸까. 나는 노화를 극복하고 싶은 마음은 눈곱만큼도 없다. 그저 작고 사소한, 어쩌면 나중에 커질 수 있는 생활 속 불편함과 통증을 그저 줄여보고 싶은 마음뿐이다.

　사람들은 노화도 질병도 극복해야 하는 대상인 것처럼 말한다. 마치 누구나 노오~력만 하면 60의 나이에도 탱탱한 피부를 가질 수 있고, 군살 없는 몸매를 유지할 수 있는 것처럼 말이다. 그런 사람들이 TV에 나오면 다들 금방 삶은 달걀 같은 피부라면서 감탄하고, 젊은이를 능가하는 코어의 힘에 찬사를 보낸다. 매일 꾸준히 같은 일을 오랜 기간 반복해온 사람들만이 가질 수 있는 순간이겠지만 왠지 나는 그 장면을 보고 있는 게 불편하다. 아무리 도자기 같은 피부 결을 가졌다고 해도 눈가의 주름이나 처진 모공이 눈에 띄거나 그저 나이보다 조금 젊어 보인다는 것뿐 노화의 흔적이 전혀 없는 경우를 아직 보지 못했다. 그저 나이보다 몇 년 어려 보이려는 노력이 그렇게까지 찬사를 보내야 하는 일일까 생각하지 않을 수 없는 것이다.

　인정한다. 나의 까칠한 기질이 발휘되고 있는 순간이라는 것을. 그러나 생각해 보면 이상하지 않은가. 우리는 왜 노화나 죽음을 꼭 극복해야 하는 대상인 것처럼 여기고, 몇 년이라는 시간을 '이른바 극복'한 사람들을 칭송하고 감탄해 마지않는 것일까. 그러면서 정작 노화나 죽음에 대해서 꺼리고 두려워하는 분위기는 뭐란 말인가.

늙는다는 게, 죽는다는 게 무슨 아버지를 아버지로 부르지 못하는 홍길동도 아닌데, 거기 있으면서도 없는 것처럼 여기는 분위기는 썩 마음에 안 든다. 나 역시 늙거나 죽는 게 좋지는 않다. 노화는 조금 다른 문제이고, 죽음 그 자체가 두렵다기보다는 내가 죽어가는 과정이 두려운 것이다. 이를테면 어떤 행복한 찰나의 순간 지금 죽어도 여한이 없겠다 같은 느낌이 드는 걸 보면 죽음 그 자체나 죽고 난 후의 일이 두렵다기보다는 내가 죽음을 향해 가는 과정이 두려운 것 같다. 죽음을 향해 가는 과정이란 뭔가. 바로 노화가 아닌가. 그래서 사람들이 노화를 극복해야 할 대상으로 보는 건 아닐까 싶다. 마치 그렇게 하면 죽지 않을 수 있을지도 모른다는 헛된 희망 같은 게 탑재되는 건지도 모르겠다.

물론 말이 안 되는 이야기다. 늙는 과정을 늦춘다고 해서 죽지 않는 사람은 없는 것처럼 사실상 노화와 죽음은 연결된 이야기이면서 동시에 상관관계가 없는 이야기이기도 하다. 뭐 꼭 사람들이 그럴법한 것만 믿는 것은 아니니까 우리는 두렵고, 알 수 없는 것들을 받아들이기보다는 살짝 비껴가는 식으로 대응할 수도 있는 것이다.

이 문제에 대한 답을 어떤 식으로 찾아야 할지 고민하는 중이다. 우선 내 시선을 끈 것은 스토아학파의 태도다. 스토아학

파는 '자연에 따라 사는 삶'을 주장하며 "정신을 방해하는 건 사건 자체가 아니라 사건에 대한 인간의 판단이다."라고 말하는 사람들인데 그들의 생각에 전부 다 동의할 수는 없을지라도(이를테면 "너는 천년만년 살 것처럼 행동하지 마라. 죽음이 지척에 있다."와 같은 것들.) 맘에 드는 태도 하나쯤 차용해도 문제가 없을 것이다.

"죽음, 추방, 그 밖에 무시무시하게 보이는 다른 모든 것들을 날마다 네 눈앞에 놔두어야만 한다. 특히 모든 것 중에서 죽음을. 그러면 너는 결코 그 어떤 비참한 생각도 가지지 않을 것이고, 또한 어떤 것을 지나치게 욕망하지도 않게 될 것이다."

에픽테토스,『엥케이리디온』

그러니까 스토아 철학자들의 입을 빌려 말하자면 세상에 대해 상처받을 수 있다는 사실에 대해 우리는 끊임없이 자각해야 한다. 나에게 달려있는 것과 나에게 달려있지 않은 것에 대해 냉철하게 구분하고 자신의 한계를 인정하는 것. 그것이 스토아 학파가 내놓은 답이다.

하루를 시작할 때부터 주제넘고 배은망덕하고 음흉하고 시기심 많은 사람을 만날 거라는 전망을 하라는 것은 감사일기로 인생이 달라졌다는 말들이 난무하는 시대에 다소 시대착오적인 격려라는 생각도 든다. 그러나 최악을 상정하되 내가 할 수 있는 것과 할 수 없는 것을 구분하는 것, 그러니까 자신에 대한 철저한 자각을 동반하고 냉정하게 객관적으로 판단할 수 있다면 노화나 죽음 같은 두려운 현실도 조금은 수월한 것이 되지 않을까 싶다.

물론 그것만으로 충분하다고 말하는 것은 아니다. 그런 마음가짐을 갖기도 쉽지 않겠지만 최악의 상황으로 죽음과 노화를 상정할 만큼 우리는 죽음으로 가는 길이나 노화에 대해 제대로 알고 있지 못하기 때문이다. 적어도 죽음에 대해, 노화에 대해 말할 수 있다면 시작으로서는 딱 안성맞춤이 아닐까 한다. 시작이 반이라니까 반쯤 왔다고 퉁칠 수 있을지는 모르겠지만.

아프지만,
살아야겠어

Chapter 4.
더불어 살기

몸의 소리에 귀 기울이는 삶

암에 걸린 이후 전과 달라진 것이 있다면 암 환자라는 정체성을 갖게 됨으로써 '암 유발자', '그 경기 보다가 암 걸리겠네' 같은 표현에 더 이상 웃게 될 수 없어진 것 하나가 있다. 또 하나는 몸에서 일어나는 증상 하나하나에 지나치다 싶을 만큼 관심이 커졌다는 것이다.

갑자기 어딘가 콕콕 찌르는 증상이 있으면 해당 장기가 어디인지부터 살피고, 왜 그런 건지 폭풍 검색에 들어간다. 인터넷 검색이란 게 유용하면서도 불신의 벽 같은 게 있어서 정보를 취사선택하는 능력이 조금 좋아진 것도 하나의 장점이라면 장점일 수는 있겠다. 어쨌든 약간은 경멸의 뉘앙스가 풍기는 '건강염려증'이라고 불리는 증상 하나가 생긴 셈이다. 어릴 때는 '왜 어른들은 만나기만 하면 어디가 아프고, 어디에는 뭐가 좋고,

어느 병원에서 주사를 맞았더니 잘 낫더라'라는 얘기만 주구장창 늘어놓는지 이해가 안 갔다. 할 얘기가 그렇게도 없나. 그러다 꼭 결론은 건강이 최고다, 건강을 잃으면 다 잃는 거다. 건강을 잃으면 다 잃는 거라는 얘기가 과학적으로 증명된 사실인 양 떠드는 시절, 가장 중요한 얘기이자 가장 중요한 정보는 자연히 건강과 질병에 관련된 것일 수밖에 없는 것이다.

여기저기서 건강이나 질병과 관련한 에피소드가 넘쳐나고, 지인들의 발병 소식에 완전 공감이 가능해지는 것은 그것이 정확히 어떤 감각인지 알 수 있게 되었기 때문이다. 나도 이틀 정도 잠을 제대로 못 잤더니 바로 어지럼증이 생겼다. 머리를 돌릴 때마다 누군가 머리를 한 대 세게 후려친 것처럼 팽 돈다. 대번에 이석증이라는 증상을 떠올렸는데 혹시나 하면서 메니에르병, 뇌와 관련된 질환, 신경 문제, 심지어 철분 부족이 아닐까 하는 다소 비약적인 염려까지. 늘어난 건강 관련 지식과 지인들과의 폭풍 수다가 여기서 빛을 발하게 된 셈이었다. 결과부터 말하면 이석증이 맞았는데 이틀 정도 잠을 못 잤다고 이런 증상이 나타난다는 데서 일단 놀랐고 증상이 나타난 다음 날 바로 병원을 찾는 나의 재빠른 대처에 또 한 번 놀랐다. (심지어 진료 번호 1번)

그만큼 여기저기 고장 나는 일이 빈번한 나이가 됐다. 두통, 어지러움, 복통, 이명, 때로 심각하게는 출혈까지 다양하다. 이런 것 중 한 가지 정도는 몸에 만성으로 달고 살거나 한두 번 겪었던 일은 누구에게나 있을 법한 일이다. 한 마디로 남 얘기가 아니다. 우리는 이런 증상을 겪으며 가장 먼저 자기 자신에게 화살을 돌린다. 내가 대체 내 몸에 무슨 짓을 한 건가. 어젯밤에 먹은 야식이 오늘 아침의 부종과 속 쓰림을 만들었나. 그것은 사실일 수도 있고, 아닐 수도 있다. 중요한 건 모든 일을 두 번 세 번 곱씹는 일을 반복하게 되는 습관이 질병이 찾아왔을 때 빛을 발하고 만다는 것이다. 게다가 모든 일의 원인을 스스로에게 돌리는 일은 유독 여성에게 빈번하게 일어나는 일인 것 같은데 이게 꼭 반갑지만은 않더라는 말이다. 우리는 왜 이렇게 스스로를 못 잡아먹어 안달일까. 이것은 타고난 것일까. 학습된 것일까. 단순히 노화의 증상일 수도 있고, 약한 부분이 어떤 연결고리를 만나 증상으로 발현되는 것일 수도 있다. 대부분 사람이 겪는 증상의 원인은 대개 미상이거나 복합적이다.

그런 부작용만 빼면 건강염려증도 대체로 괜찮다. 게다가 그동안 무시했던 몸이 지르는 비명을 들을 수 있다는 건 꽤 괜찮은 일이다. 몸의 소리에 민감해지는 건 스스로를 돌보고 스스로를 소중하게 여기는 일의 첫걸음이나 마찬가지이기 때문이다.

특히 돌봄노동 대다수를 차지하는 여성들이 정작 자신의 몸은 돌보지 못하는 부조리한 현실에서 더욱 그렇다.

한 가지, 자책은 금물이다. 전술한 것처럼 자신을 들볶는 건 지금까지 충분히 해 왔기 때문이다. 몸이 늙어가는 것, 그럼으로써 오는 질병은 평생 달갑게 느껴질 수 없겠지만 어찌 보면 자연스러운 일이다. 내가 뭘 하고, 안 하고의 차이는 기껏해야 속도를 늦출 수 있을 뿐인 것 같다. 죽음이 인생사의 자연스러운 귀결이듯(혹은 새로운 시작이든) 노화와 질병은 자연스러운 과정이다. 죽음은 분명 거기에 있는데 받아들이지 못하는 관념이 된 것처럼, 질병을 대하는 태도도 비슷하다. 막상 질병을 앓게 되었을 때 자연스러운 과정으로 받아들이는 태도는 쉽지 않지만, 중요한 요소이다. 경험상 일상이 무너질 수도 있을 정도의 절망을 막는 유일한 길이 아닐까 싶다. 절망함으로 질병을 늦추거나 없앨 수 있다면 바닥까지 떨어질 용의도 있으나 그렇지 않기 때문에, 일상의 감각을 유지하는 건 매우 중요하다. 감염증이 만연한 시절을 살면서 일상이 얼마나 소중한지 너무나 잘 알게 되지 않았는가.

그러니 평소에 몸이 하는 얘기에 귀를 기울여야 할 것이다. 가벼운 증상이라고 무심히 넘길 것이 아니라, 그렇다고 사소한 증상에 과민하게 반응해 과도한 걱정과 불안에 시달리라는 말이 아니다. 입에 넣는 것에 신경을 쓰고, 질 좋은 잠을 자는 것, 몸을 부지런히 움직이는 것 등 단순하고 명료한 데에서 해답을 찾아야 한다는 얘기다. 자칫 듣기엔 공부 비결이 뭐냐는 질문에 "교과서로 공부했어요."와 같은 맥 빠지는 답이 될 수도 있겠지만 만인에게 공통으로 통하는 진리란 언제나 단순한 법.

유방암 환자의 수영 도전기

수술한 지 세 달이 지나자 활력을 걱정해야 할 정도로 몸 상태가 많이 안정되었다. 모처럼 끌어올린 좋은 상태를 유지하거나 혹은 더 올릴 수 있도록 뭔가가 필요한 시점이었는데, 언제나 그렇듯 정답은 운동이었다. 문제는 수술 후 앓게 된 동결근으로 통증이 심한 상태라 오른팔을 제대로 쓰기가 어렵다는 점이었다. 그러니 별수 있겠는가. 자연히 결론은 수영으로 갈 수밖에.

언뜻 생각하면 수영이 가능할까 싶겠지만 물속에서는 관절 움직임도 훨씬 자유롭고 통증도 줄일 수 있다. 관절이 약한 어르신들이 비교적 무리 없이 할 수 있는 운동 중 하나가 수영이다. 게다가 물에서 하는 활동이 우울감을 줄이는 데도 도움이 된다고 하니 내게는 그만한 운동이 없었다. 접영이나 무리한 다이빙 같은 시도만 안 한다면 맞춤옷처럼 내게 딱 맞는 운동이 수영이었다.

수영하지 않았더라면 유방암 같은 건 여태 모르고 지냈을 가능성이 크다. 수영을 시작하면서 부유방이 거슬리기 시작했고, 제거술을 하기 위해 초음파를 했고, 이른바 물혹이 발견돼 추적 관찰 소견이 나왔던 것이니 말이다. 거기에 더해 몸이 좀 안 좋다는 느낌적인 느낌(?)이 추가돼 열심히 병원을 들락거린 결과 유방 상피내암이라는 진단을 받게 된 것. 그러니 수술이 끝나자마자 수영장으로 돌아가는 것은 내게 자연스러운 일이었다.

그런데 내겐 한 가지 문제가 있었다. 평생을 관통하고 있는, 조금 불편한 별스러움 중 하나. 탈의실 공포증 말이다. 수영을 배우면서 조금씩 극복해 나가던 중이었는데 발병 후 수술에 이르게 되면서 몇 개월을 쉬었고 다시 돌아가려니 혹을 하나 더 달고 두려움을 마주하게 된 느낌이었다. 양쪽 가슴 전절제에 길게 그어진 흉터까지. 약간 비현실적이고 판타지 같은 느낌이 드는 몸인데 샤워실까지 가는 길은 어영부영 통과한다 쳐도 샤워할 때는 어떻게 한단 말인가. 사람이 붐빌 때는 내가 샤워하는 모습을 지켜보며 줄을 서 있기도 한데 그 시선을 견딜 수 있을까. 다른 사람도 아니고 공포증이 있는 나라는 사람이.

수영장 샤워실을 경험한 사람이라면 알겠지만, 평일 오전 시간대에는 여성, 그중에서도 중년여성 혹은 그 이상의 비중이 월등히 높다. 이들의 친화력은 알몸인 상태에서도 빛을 발하는데 때로는 그것이 불편한 오지랖처럼 여겨질 때도 있다. 평소라면 웃으며 넘길 수 있는 일도 내 상태에 따라 공포가 될 수도 있는 것처럼.

머리가 복잡했다. 아무리 시뮬레이션을 돌려봐도 샤워할 때는 도리가 없었다. 가릴 수 있는 것을 마련하든지 아니면 궁금증을 가득 담고 있는 시선을 마주하든지. 언젠가는 호기심을 이기지 못한 누군가의 질문 공세에 대비해야 한다는 것도 명백했다. 그 상황을 그려보고 있자니 몸서리가 쳐졌다. 나를 잘 알지 못하는 사람에게 내가 통과했던 시간과 겪은 고통을 설명할 자신이 없었다. 싫었다. 나라는 존재는 그들에게 아무것도 아니고, 그들은 유방암 환자로 나를 기억하게 될 것이다. 그들에게 돌아오는 것은 나라는 개별적인 존재에 대한 인식이 없는 동정뿐이다. 내가 그걸 견디지 못하리라는 것은 너무나 분명했다.

그래서 온갖 방법을 생각해내고 머릿속으로 상황을 그려보았다. 결론은 샤워할 때만 입을 수 있는 비키니 수영복 상의를 구할 것. 수영장 수질 관리를 위해서라도 샤워를 마친 후에는 벗어야 할 것이었다. 갈아입을 때는 화장실을 이용하기로 했다. 상황이 조금 나아지면 샤워기 앞에서도 재빨리 입고 벗을 수 있으리라. 결론을 그리 내리니 조금이나마 마음이 단단해지는 기분이었다. 어떤 시선에도 뚫리지 않을 것 같은 느낌마저 들었다.

1번 레인의 막내가 되다

그렇게 해서 수술한 지 3개월 만에 수영을 다시 시작했다. 원래 있던 중급반으로 돌아가는 것은 애초에 무리였다. 강사와 상의한 끝에 어르신들이 하는 레인에서 쉬엄쉬엄하기로 했다. 이분들로 말할 것 같으면 무려 90년대 초반부터 수영을 해오고 계신 분들이다. 평균 나이 75세. 수력은 거의 20년 이상이다. 나로 말할 것 같으면 당시 수력 8개월. 그래도 내 나이를 고려하면 얼추 따라갈 수 있을 거라는 희망을 품었다.

드디어 첫날. 체조를 마치고 물속에 풍덩 들어갔을 때 수영장 특유의 냄새와 물의 차가운 온도에 살짝 놀랐지만 이내 마음은 평온해졌다. 부드럽게 몸을 지탱해주는 물의 촉감과 물결의 움직임에 나는 마치 물에 사는 동물이 된 것 같은 느낌을 받았다. 수영장에서 나는 냄새와 시선만 차단할 수 있다면 잠시나마 자연 일부로 살아가는 느낌을 받을 수도 있으리라. 그래, 이거야. 이제 돌아왔구나. 마음속으로 되뇌며 잠시 감았던 눈을 뜬 순간 바로 앞에서 두 발이 움직이는 것이 보였다. 까딱하면 머리통을 맞을 뻔한 찰나. 1번 레인의 막내이자 신입인 나는 마지막에 출발했는데 아직 근육의 힘은 죽지 않았나 보다. 수영 강사가 6

바퀴를 돌라고 했을 때 설마 했는데. 이 정도 속도면 열 바퀴도 돌 수 있겠다 싶었다. 수영을 오래 하신 분들이지만 나이가 워낙 많으시다 보니 근육의 힘이 약했고 아주 느리게, 오래 도는 수영을 하고 있었다. 반면 나는 중급반에서 잘하는 사람 뒤를 따라가며 훈련을 해왔던 터라 이분들과 속도가 영 맞지 않는 것이었다.

뒤에서는 1번으로 출발한 어르신이 오고 있고. 나는 이러지도 못하고 저러지도 못하고 중간에 끼어있는 상태가 되었다. 민폐가 따로 없었다. 게다가 그 직설적인 화법이란. 수영장 텃세가 있다고 듣긴 했는데 막상 경험한 것은 처음이었다. 부딪쳐서 큰일 날 뻔했다고. 나더러 배영은 아예 하지 말란다. 그렇게 무시무시한 표정으로 혼나기는 20년 만에 처음인 것 같았다. 아, 외롭다. 우리 반으로 돌아가고 싶었다.

화장실을 들락거리며 비키니 상의를 입었다 벗었다 하는 것도 여간 고역이 아니었다. 그걸 입고 샤워실을 돌아다니면 몇 쌍의 눈이 나를 따라다닌다. 쟤가 저걸 과연 벗을 것인가, 그대로 입고 들어갈 것인가. 간혹 수영복을 미리 입고 들어가는 사람이 있어서 수질 관리 차원에서 그런다는 건 알지만 나로서는 억울한 심정이 되는 것은 어쩔 수 없었다.

아프지만, 살아야겠어

첫날, 그렇게 얼굴이 벌게진 상태로 샤워실을 빠져나온 나는 궁금했다. 오랜만에 운동을 해서 얼굴이 빨간 것인지 아니면 다른 이유로 그렇게 된 것인지. 수영을 한 후 집에 돌아가서 마시는 아이스 아메리카노 한 잔. 내가 수영을 하는 또 다른 이유 중 하나인데 왠지 그 약발이 별 소용이 없을 것 같은 예감이 들었다.

수영장 샤워실에서 벌어진 일

수영장 텃세에 대해서라면 그런 반응에 상처가 큰 편이 아니라서 그리 큰 걱정거리는 아니었다. 그럼에도 시작 전에 썼던 머릿속 시나리오에 들어 있던 장면이긴 했다. 사실 제일 큰 걱정 하나는 바로 샤워할 때 벌어질 상황이었다.

수영장에 다녀본 사람이라면 잘 알겠지만, 아니 찜질방에 가본 경험이 있는 사람들도 알 것 같다. 중년을 통과한 여성들의 오지랖은 가히 때와 장소를 안 가린다. 이런 일화로 여성을 희화화하려는 의도가 있다는 것도 알고, 그럼에도 그들을 폄하할 생각은 전혀 없다. 개인적으로는 그들의 오지랖을 정겹게 생각하는 쪽이다. 우리 엄마도 밖에서 그러고 다닌다고 생각하면 귀엽다는 생각이 드는 쪽이다.

어쨌든 대중교통에서 모르는 사람과 친밀하게 얘기를 나누는 모습은 종종 보게 되는 광경이다. 비슷한 일이 수영장 샤워실 안에서도 일어난다. 나처럼 탈의실 공포증이 있는 사람의 증상을 악화시키는 바로 그런 오지랖.

작년에 처음 수영을 시작했을 때부터 여간 불편한 게 아니었다. 무슨 할 말이라도 있는 것처럼 씻고 있는 나를 빤히 바라본다. 실제로 무슨 할 말 있으시냐고 물어본 적도 있었다. 그랬더니 대뜸 몇 살이냐고. 벌거벗고 있는 상태에서 대답하기 난감한 질문이 돌아왔다. 뭐 그다음은 얘기할 것도 없이 뻔하다. 답과 연결 지어, 내 몸과 피부에 대한 평가가 쏟아지고 중국에 그 품평이라는 것은 옆에서 씻고 있는 친한 '언니'와 함께 이루어진다. 나를 두고 와자지껄 얘기하다가 떠들썩하게 웃어야 끝난다. 뭐라 대꾸할 수 없는 난감함이란. 그래서 나는 샤워할 때 절대 누구하고도 눈을 안 마주치게 됐다. 눈이라도 마주치면 돌이 되어 굳어버리는 판도라의 상자를 열게 될 것 같은 기분이었다.

대개는 이런 일도 별것 아니다. 내 쪽에서 과장해서 받아들일 수밖에 없는 것이 나는 탈의실 공포증이 있기 때문이다. 그래서 평생 찜질방에 가본 일이 없다. 친구한테 이런 얘기를 했을 때 수영장뿐만 아니라 찜질방에서도 그런다는 답을 들었을 때 놀랐다. 이내 그 사실에 놀란 내게 놀랐지만. 어쨌든 결론은 때와 장소에 상관이 없다는 것. 정말 귀엽게 거침이 없다.

수영장에 간혹 수영복을 입은 채로 와서 제대로 씻지 않고 풀에 들어가는 사람들이 있다. 수영장 물을 들이켤 수밖에 없는 강습생 입장에서 민감할 수밖에 없는 문제다. 그래도 대개는 괜찮다. 이들을 내의 눈으로 감시하는 수질 지킴이가 있으니. 예상한 대로 극강의 오지랖을 장착한 여성들이 수고해준다. 수영장 직원들이 할 수 있는 게 고작 홍보물을 붙이는 데 그치지만 이들이 하는 일은 직접적으로 제재를 가한다는 점에서 훨씬 강력한 효과가 있다. 그냥 눈을 흘기고 속으로 욕하고 끝나도 될 일인데. 같이 수영장을 이용하는 입장에서는 고마운 존재다.

그런데 문제는 나 또한 그 레이더에 걸릴 위험이 있다는 데 있다. 샤워할 때 수술 상처를 가리기 위해 비키니 상의를 입고 하는데 그게 오해를 살 수 있기 때문이다. 샤워할 때만 입고 있으니 수영장 수질과는 상관없지만 무언가를 입고 샤워하는 모습은 오해를 살 가능성이 충분했다. 도둑이 제 발 저렸기 때문일까. 샤워하는데 뒤가 따갑다. 며칠은 그럭저럭 넘겼지만 결국, 올 것이 왔다.

딱 봐도 눈매가 매서운 60대 초반의 여성이었다. 처음 질문은 입고 있는 게 '수영복이냐 속옷이냐'였다. 대답하려고 하는데 말할 기회를 안 준다. 다 같이 수영하는 데 그렇게 이기적으로 굴면 안 된다는 취지의 얘기를 쉬지 않고 한다. 얘기할 틈을 내기 위해 내 쪽에서 목소리가 높아질 수밖에 없었다. 상처를 가리려고 샤워할 때만 입은 채 하는 거라고. 수영장 안에는 입고 들어가지 않는다고. 순간 그녀의 입이 다물어진다. 대번에 사과가 나온다. 미안하다고. 나 또한 곧바로 답한다. 괜찮다고.

몇 분 동안 숙고의 시간을 가진 그녀가 샤워실을 나가기 전에 내 쪽으로 와서 말한다. 다시 한번 정말 미안하다고. 이번에 나는 웃으며 답한다. 정말 괜찮다고. 무슨 뜻으로 한 말인지 안다고.

말하지 않아도 알아요

십여 분에 달하는 시간 동안 나는 내가 유방암 환자라는 사실을 밝히지 않았지만, 직감으로 알 수 있었다. 그녀는 이른바 상처라는 것이 유방암 수술 상처라는 것을 알고 있다는 것을. 직관으로 알아차린 그 사실에 다시 한번 사과하고 싶은 마음이 들었고 내 마음에도 전달이 됐다. 그녀와 나는 같은 레인에서 강습을 받는 경우도 아니고 수영장 밖에서 만나면 얼굴도 못 알아볼 사이지만 그 짧은 순간, 나는 그녀가 나의 공포를, 그게 무엇이든지 간에 공감하고 있다고 느꼈다. 그랬기에 가능했으리라. 받는 사람의 마음을 울리는 사과를 말할 수 있는 용기를 낼 수 있었으리라.

어쩌면 그녀의 친구 중에 유방암을 앓은 사람이 있었을 수도 있다. 아니면 그 대상이 더 가까운 가족이었을 수도 있고. 그중에 누구는 안타깝게 세상을 등졌을 수도 있고, 지독한 항암치료의 시간을 버티는 것을 속수무책 지켜봐야 했을 수도 있다. 1분도 안 되는 찰나의 순간, 그녀의 두 번째 사과가 발화됐을 때 내가 느꼈던 감정은 이러한 추측을 기정사실화하고 있었다. 그리고 그로 인해 나 또한 변화의 기류를 느꼈다. 어쩌면 이 공포증을 극복할 절호의 기회가 왔는지도 몰라. 당장은 아니더라도 상처를 드러내고 샤워할 수 있는 날이 올 수도 있을 것 같았다.

공감과 연대의 힘은 이렇게나 강력하다. 한 사람의 인생을 지배하던 이슈를 단번에 날려버릴 힘을 지녔으니. 아직 모든 걸 드러내는 샤워가 가능하지는 않지만, 희망을 진심으로 바라는 힘이 생겼다. 아직은 아니라도 언젠가는.

채식으로 돌아가다

식생활에 관해서라면, 나는 요즘 채식을 한다. 암 환자라서 식생활을 완전히 바꿔야 할 필요성을 느끼지만, 꼭 그것 때문이라고 할 수는 없다. 채식의 기원은, 그러니까 내가 20대 후반 무렵 존 로빈스의 『음식혁명』이라는 책을 읽었을 때 시작됐다. 이전까지도 고기를 썩 즐기는 편은 아니었다. 직장생활을 하면서 소주와 삼겹살 회식을 피하려고 노력하는 정도였다.

어째서 당시의 내가 그 책을 읽게 되었는지는 확실치가 않다. 육식을 즐기지도 않았지만, 동물권이나 기후 위기 등의 문제를 의식하고 있는 편도 아니었으니. 어쨌든 말 그대로 책을 읽은 후 충격을 받았고 고기를 더 이상 먹을 수 없게 됐고 그로 인해 따라왔던 변화가 괜찮다 싶어지니 기왕에 본격적으로 채식을 해보자는 마음을 먹게 된 셈이었다.

아프지만, 살아야겠어

결혼과 출산, 육아를 거치는 동안 자의 반 타의 반으로 육식을 다시 하게 됐고 삼겹살로 대표되는 육식을 어느덧 애정하는 지경까지 이르게 됐다. 첫 아이를 낳고 모유가 부족했던 내게, 그때까지만 해도 채식주의자였던 내게, 친정엄마는 돼지족발을 푹 삶아 낸 국물을 먹어야 한다고 했고 돼지 냄새에 욕지기를 느끼면서도 코를 쥐어 싸매고 한 드럼통은 마신 것 같다. 엄마는 그런 나를 보며 말했다. 자식 모유 먹이겠다고 저 역한 걸 먹네. 아놔, 당신이 먹으라고 해놓고선 한다는 말이. 어쨌든 모유 부족 사태는 해결되지 않았고 그 길로 나는 육식으로 들어섰다. '기왕에 버린 몸' 뭐 그런 심정이었나 보다.

봉준호 감독의 영화 〈옥자〉를 보고 한 1주일 동안 돼지고기를 못 먹게 되었던 걸 빼면 둘째를 낳고 몇 년이 지나 암 환자라는 정체성을 얻게 될 때까지 식생활을 바꿔야겠다는 결심을 하지는 못했다. 고기뿐만이 아니라 전에는 좋아하지도 않던 유제품과 당이 콜라보 된 음식에 정신을 못 차리는 사람이 된 것도 큰 변화 중 하나였다. 암 진단을 받기 얼마 전까지 당 중독이라고 말할 수 있을 정도로 단 것을 흡입했다. 앉은 자리에서 초코바 20개들이 한 봉지를 다 먹거나 초콜릿이 입혀져 있는 칼로리 높기로 유명한 과자를 한 통 다 먹는 게 기본일 정도였으니. 그때는 그것이 왜 이상하다고 생각하지 못했을까. 당이 암의 먹이라더니 그래서 그랬던 것일까. 당시에는 로맨스 웹소설을 쓰고 있던 때라서 달달한 게 당기나보다 했는데. 아는 만큼 보이는 법이다.

공교롭게도 내가 채식을 선택한 건 암 때문만은 아니었다. 코로나바이러스와 이례적으로 긴 장마, 잊기도 전에 몰아쳐 대는 태풍을 연달아 겪으면서 기후 위기가 심각하다는 걸 몸소 체험하고 있기 때문이었다.

도시에서 태어나 자랐고 지금도 가족들 모두가 도시에서 생활하고 있기 때문에 상대적으로 기후 위기를 체감하기가 어려운 편인지도 모르겠다. 다행히 개인적인 관심이 그쪽에 닿아있기에 평소에 재활용 분리수거나 플라스틱 줄이기, 탄소발자국 줄이기에 다른 사람들보다는 관여도가 높았다. 물론 그것만으로 충분하다고 생각해 본 적은 없다.

가정에서 전기를 아껴 쓰라거나 재활용 분리수거를 잘해달라는 소리를 들으면 화가 나기도 했다. 그거면 된다는 안일한 인식을 심어줄 수 있었고 우리가 당면해 있는 위기를 흐릿하게 만들어버리는 소리라고 생각했기 때문이었다. 그러니 일찍이 경험해보지 못한 팬데믹 시대에 개인이 할 수 있는 최고의 선택이 뭘까 궁리할 수밖에.

그런 이유로 운명 같은 채식을 다시 만났다. 아쉽게도 완전한 비건은 아니다. 해산물을 좋아하는 나는, 가끔 생선이나 새우, 게 요리를 먹는다. 다행스러운 건 유제품과 달걀 등 여성화된 단백질을 끊을 수 있었다는 것. 거의 몇 년 동안 아침 식사는 요거트와 달걀이었고 간식으로도 구운 달걀을 즐겨 먹었지만, 한순간에 끊었다. 유제품과 달걀을 더 이상 먹지 않기로 한 것은 암에 미치는 영향을 생각하지 않을 수가 없는 데다 윤리적인 문제를 의식하고 있었기 때문이다. 같은 맥락에서 꿀도 먹지 않는다.

　유제품이 암에 미치는 영향에 관해서라면 논란의 여지는 있다. 괜찮다고 하는 전문가도 있지만 대체로 호르몬과 관련이 있는 암에는 유제품이 이로울 게 없다는 게 중론이다. 이런 얘기에 꼭 달리는 댓글 중 하나가 그럼 요거트도 안 되냐, 치즈도 안 되냐는 질문이다. 요거트나 치즈는 우유와는 달리 몸에 좋은 음식이라는 인식이 널리 퍼져있기 때문인 것 같다. 발효시킨 식품이라 해도 기본은 유제품. 게다가 우유에 들어 있는 피고름을 농축시킨 게 치즈라고 해도 과언이 아니라는 전문가(다큐멘터리 〈What the health〉 중)의 말을 듣고 난 후라 선택이 좀 쉬워졌다.

　캐럴 제이 애덤스의 『육식의 성정치』를 읽으면서는 페스코

든 락토 오보든 분류가 있지만 쓸데없는 소리는 집어치우라는 얘기에 뜨끔했다. 저자의 생각에 동의하면서도 현실적인 문제에 직면해 선택의 폭을 넓힐 수밖에 없는 것이, 과거에 채식했지만 건강한 채식을 했다고 보기는 어려웠기 때문이다. 과거에 육식을 멀리한 건 사실이지만 결과적으로는 밀가루 음식에 중독되고 말았다. 하루가 멀다하고 국수나 떡볶이를 먹었고 보기에는 살이 찌지 않았지만, 흔히 '마른 비만'이라고 하는 몸 상태를 갖게 되었다.

생선이나 해산물 섭취에 따른 미세 플라스틱이나 중금속 축적의 문제에 대해서는 익히 알고 있었다. 결과적으로는 해산물 섭취도 제한하게 될 것이나 급하게 가지 않으려고 한다. 생선을 굽거나 조려 먹는 일이 거의 없고 육수에 사용하는 멸치나 마른 새우, 젓갈류가 들어간 김치는 허용하는 정도다. 언젠가는 이런 습관도 떠나보내야 하겠지만 급진적인 변화보다는 점진적인 형태로의 변화도 결국 변화 아니겠는가.(라고 변명해 본다.)

두 번째 수술이 끝난 후 채식을 하는 나를 두고 주변에서는 온갖 잔소리를 해댔다.

"기운을 차리려면 고기를 먹어야지."

"단백질은 콩이나 채소에도 있어. 게다가 난 해산물도 먹잖아."

아프지만, 살아야겠어

"그런 거 먹어서 힘이 나겠냐. 사람이 가끔 고기도 먹고 그래야지. 수술한 데다 혈압도 낮은 애가… 그러다 쓰러져. 기름기는 떼어내고 살코기로만 먹어."

예전이나 지금이나 채식을 말리는 레퍼토리는 변한 게 없다. 에너지는 단백질에서, 그것도 콕 집어 고기 단백질에서 온다는 맹신. 대체 우리는 언제부터, 무엇으로부터 조정을 당하고 있었던 것일까.

그동안 괴로웠어, 다신 오지 마

작년 수술 이후부터 생긴, 그리 심각하다 할 수는 없지만 약간 불편한 증상이 몇 있다. 생머리에서 곱슬머리로의 변화. 이건 생활하는 데 불편하다기보다는 보기에 불편한 쪽이니 군말 없이 받아들여야 하는 변화다. 곱슬머리가 된 것보다는 일상에 균열을 낼 정도의 불편함을 주고, 걱정하느라 마음까지 시끄럽게 만드는 게 있으니 바로 두드러기였다.

음식을 잘못 먹어서 생긴다고 알고 있던 두드러기는 내가 아는 범위 내에서 나와 전혀 상관없었던 증상이다. 피부가 미용의 관점에서 썩 좋지는 않았어도 나름 튼튼하다고 생각하며 살았던 쪽이었는데. 수술의 통증이 경미하게 느껴지던 무렵의 한 저녁에 몸의 어느 한 부위가 가렵다는 생각이 들기 시작했다.

무심코 긁었고 가려움이 가시지 않아서 또 긁었다. 팔 안쪽

아프지만, 살아야겠어

부위였는데 보기 흉하게 부풀어 오른 걸 보고는 깜짝 놀랐다. 진정이 된다는 알로에 젤을 바르고 찬바람을 좀 불어넣어 주고 아이스 팩을 대주는 등 아무튼 가려움증을 가라앉히기 위해 몇 가지 노력을 했던 것 같다. 그러고 나서 몇 분쯤 지나자 맨 처음 가려웠던 부분이 괜찮아지는가 싶더니 바로 위쪽 부위, 그러니까 팔의 상단 부분이 가렵기 시작했다. 당시 팔이 움직일 수 있는 범위가 상당히 협소했던 시절이라 그 부분은 내 손가락으로 긁을 수도 없는 곳이었다. 헐. 게다가 아까 긁었던 부분에 내가 낸 손톱자국이 시뻘겋게 나 있었다. 임신 막달에 미칠 것만 같은 가려움이라는 표현이 뭔지 정확하게 알았는데 같은 경험을 또 하는 셈이었다.

가려움을 동반하는 발진만이 문제가 아니었다. 이름도 기묘한 피부묘기증이라는 게 생겨버린 것인데 이게 꽤 신기하기도 하고 흉측하기도 하고, 아무튼 그렇다. 피부묘기증은 피부그림증이라고도 하고 예상외로 많은 사람이 겪고 있는 증상인 것 같았다. 손톱으로 피부에 자국을 내면 금세 부풀어 올랐다가 한참 후에 가라앉는다. 인터넷 검색을 하니 사람들이 자기 몸에 글씨(귀엽게도 LOVE라고)를 쓰기도 하고 X표를 그리기도 하고 하트 모양 따위를 그려서 친절하게 올려놓았다. 나처럼 그들도 신기했나 보다.

글씨나 그림이나 쳐다보고 있으면 좀 예쁜 것도 같고 신기할 법도 하지만 가려울 때 긁은 모양은 그대로 부풀어 오르다 보니 흉측하기가 이를 데가 없다. 예쁘게 보이라고 일부러 모양을 내서 긁을 수도 없는 노릇이고. 어떤 이는 가려움 때문에 잠도 설칠 정도라고 하는데 내 경우는 그 정도는 아니었다.

그런데 또 이게 어떤 날은 괜찮지 않은 일이 되기도 한다. 초반에는 주로 저녁에 증상이 나타났기 때문에 가려움을 참아내며 잠들면 그만이었지만 어떤 날에는 낮에도 증상이 나타나기 시작한 것이다. 사람들 앞에서 벅벅 긁을 수도 없는 노릇이고 식사를 하는 자리라면 추잡하기가 이를 데가… 아, 더 이상 말하고 싶지 않다.

그러니까 이게 막 아프고 힘들어서 죽을 거 같은 증상은 아니지만, 일상생활을 하는 데 상당히 불편함을 초래하는 증상인 것이다. 어떻게든 이 증상을 통제하고 싶다고 생각하게 된 것도 그즈음이었다. 원인을 찾는 게 거의 불가능하거나 어렵다고 알려졌지만 나야 뭐, 이런 쪽에 취미도 있고 필요성도 절실히 느끼고 있으니 괜찮았다. 그렇게 두드러기를 떨쳐내기 위한 원인 찾기가 시작됐다.

가장 먼저 음식. 암 때문에라도 음식을 가려먹는 것이 좋고 얼마 전 채식도 다시 시작했으니 식단에서 식품첨가물과 당, 자극적인 음식을 제거하기 시작했다. 본래 식품 라벨을 꼼꼼히 살피는 버릇이 있던 터라 식품첨가물을 제외하는 건 그다지 어렵지 않았다. 노력의 핵심은 초콜릿을 대표로 하는 당이었다. 초콜릿 중독자라고 생각할 만큼 초콜릿을 즐겼던 나로서는 가장 어려운 문제를 풀어야 하는 셈이었다. 당이 암의 먹이라고 하니, 밀크초콜릿에는 우유까지 들어 있으니 안 되는 노릇이었다. 눈물을 머금고 초콜릿에 대한 의존을 줄여나갔다. 참기 힘들 정도가 되면 90% 이상의 다크 초콜릿을 한 조각씩 입 안에서 녹여 먹었다. 평생 다이어트라고는 해본 일이 없었는데 다이어터의 기분을 알 것 같았다. 그냥 정신줄을 놓고 한 블록을 다 먹어 치우고픈 욕망. 너 하나 정신줄 놓으면 이 맛있는 걸 다 먹어 치울 수 있어. 그런 목소리가 들리는 것도 같았다.

결과만 놓고 보면 음식에 대한 실험은 실패였다. 눈에 띄는 변화나 효과 같은 게 없었다. 그러고 보니 만성 두드러기 환자는 음식에 원인이 있는 게 아니라는 걸 어디선가 본 것도 같았다. 그렇다면 침구나 옷의 문제일까. 집 진드기나 뭐 눈에 잘 안 보이는 벌레 같은 것들 말이다. 가뜩이나 개인위생에 신경 쓰고 있는 팬데믹 상황인데다 암 환자인 나로서는 그런 걸 소홀히 할 수 없어서 비교적 잘 지키고 있으니 이것도 패스. 그렇다면 대체 뭘까.

이도 저도 아니면 종착역은 언제나 스트레스. 과연 그럴까. 특별히 스트레스받는 일이 없고 그러지 않아도 평소에 스트레스 관리에 신경 써오던 터였다. 반신반의하며 자료를 모으던 중 두드러기가 급성으로 왔을 때 만성이 되는 메커니즘에 대한 설명을 듣게 됐다. 가려운 부분을 긁었을 때 쾌락 중추를 자극하게 되고 그로 인한 반복으로 뇌가 몸에서 두드러기를 일으키게 된다는 다소 맥빠지는 결론이었다. 아무리 인간이 쾌락을 추구하는 동물이라지만 이 무슨 얘기인가. 처음에는 솔직히 그런 심정이었다. 그래서 가려움증이 올라오면 긁지 말고 참아내는 걸 반복하고 명상 같은 걸 하면서 두드러기가 나을 수 있다고 암시를 주라는… 하, 많고 많은 것 중에 건강 갖고 사기 치는 건 진짜 아니다. 그런 생각이 떠올랐던 것까지 부인하지는 않겠다.

하지만 코너에 몰린 사람은 지푸라기라도 잡고 싶어지는 법이다. 아니면 말고 식으로 한번 해보자는 생각을 했다. 밑져야 본전인가. 아무튼 잠자리에 누워 바디스캔 명상을 하면서 발끝이나 손끝으로 두드러기인지 가려움증인지 그게 뭐가 됐든 나를 괴롭히는 것들이 빠져나가는 상상을 했다. 가려움증이 올라오면 바로 그 사실을 자각하고 가능한 손을 대지 않으려고 했다. 그러는 동안 마음은 온갖 유혹과 사탕발림과 갈등과 번민의

장이 벌어졌다. 긁는 건 안 돼도 때리는 건 되지 않을까? 때리는 것도 안 되면 그냥 살짝 스쳐 지나가는 것처럼 쓰다듬는 것은? 어쨌든 핵심은 쾌락 중추의 기쁨조가 돼서는 안 된다는 것이었으므로 땀까지 흘리면서 가려움증의 고통이 지나가기를 기다리는 수밖에 없었다.

그러기를 3일. 가려움증의 강도가 약해지더니 하룻밤에 한 번 올라왔다가 그냥 사라지는 일이 벌어지기 시작했다. 오, 신기한데?! 진짜 되나? 일주일쯤 되던 날 밤에는 두드러기가 없었다. 헉, 설마 진짜? 열흘이 지나서야 비로소 인정했다. 두드러기가 사라졌다!

그동안 너무나 클린하게 식단을 해서 온 변화인가 싶어 일부러 과자를 먹어도 봤지만 가려움이 올라오지 않았다. 매운 음식을 먹어도, 잠을 좀 설쳐 피곤한 날에도 별다른 증상이 없었다. 마인드컨트롤이라고 해야 할지, '쾌락 중추에 빌미 주지 않기'라고 해야 할지 아무튼 긁지 않기를 시전한 후에 한 달이 지난 지금까지 증상이 없다.

이 글을 쓰고 있는 지금도 믿지 못하고 있다. 이렇게나 간단한 거였나. 정말 모든 것이 마음먹기에 달렸다는 것이. 왠지 이 명제에는 반항하고 싶어진다. 모든 게 다 내 탓이고, 내가 하기

나름이라면 왠지 인생이 피곤할 것 같은 기분이다. 원인 불명이
라는 게 때로는 편할 때도 있는 법인데. 쩝.

아프지만, 살아야겠어

프로 불편러로 사는 일의 고단함

변화에 직면할 때 단일 문화는 걸림돌이 된다. 사회적 가치가 극적으로 변하고, 물리적 환경이 정신없이 빠른 속도로 달라지는 가속화된 대변화의 시대에 무엇이 적응해서 끝까지 남을지 예측하기란 불가능하다. 나는 왜소증이나 청각 장애, 범죄 성향, 동성애 등을 어떤 중요한 문제의 해답으로서 옹호하는 것이 아니다. 우리 모두를 느릅나무로 만들려는 발상이 바람직하지 않다고 생각할 뿐이다. 비록 그렇게 할 경우 느릅나무와 조화를 이루어 길게 이어진 골목들이며, 대칭 형태로 줄을 맞춰 늘어선 고상한 느릅나무 몸통이 보기 좋을 수는 있지만 도시 전체의 조경을 계획하는 측면에서는 무책임한 방식이다.

앤드루 솔로몬, 『부모와 다른 아이들 2』 중에서

그러니까 단순히 내가 느릅나무가 아니라는 걸 항변하려는 건 아니다. 아니 오히려 나는 태어날 때부터 느릅나무가 아닌 나무, 이를테면 은행나무인데 사는 동안 느릅나무 같지 않다는 이유로 나를 찍어내는 생태계에 관해 얘기하려는 것도 아니다. 앤드루 솔로몬이 책에서 말한 것처럼 느릅나무에 전염병이 돌 경우도 있으니 도시 전체를 위해 은행나무 몇 그루는 남아있도록 해야 한다는 합리적인 조치를 주장하려는 것도 아니다. 나는 그저 은행나무로 태어났고 느릅나무 군락에서 은행나무로 살아가는 것도 때로는 모순되고 힘들다는 걸 얘기하려는 것이다. 누가 그렇게 살라고 했나. 그러게 말이다. 나도 은행나무로 태어나고 싶었던 것은 아니고 가능하다면 느릅나무 군락에서 튀지 않은 존재가 되고 싶은데 그럴 수 없는 경험에 관해 얘기하려고 하는 것이다. 그러니까 타고난 프로 불편러의 삶은 정체성과 관련이 없어 보이기도 하지만 또 따지고 보면 그렇게 다른 것도 아니라는 얘길 하고 싶은 것이다.

"프로 불편러세요?" 가끔 예능 프로그램에 대한 비판적인 이야기를 하는 기사 댓글에 프로 불편러냐는 비판이 달리는 걸 본다. 예능을 예능으로 받아들여야지, 다큐로 받느냐는 비슷한 맥락의 시선들. 기사에 동의하는 바가 많아 고개를 주억거렸던 나로서는 뜨끔해지는 순간이다. 아, 세상은 나를 프로 불편러라고 부르는구나. 현타가 온다.

이게 나이가 들고 경험치가 쌓이면 여기저기 치이고 깎여서 유해지고 둥글둥글해지기 마련인데 어떤 사람에게는 그게 그렇지 않은 것이다. 사회적인 역할의 변화에 따라. 둘러싸인 환경에 따라 불만과 부동의를 토로하는 강도가 달라지기는 하지만 임계점을 넘어서는 일에 대해서라면 시스템은 작동을 멈춘다.

　오해를 살까 싶어 덧붙이자면 개인적으로 이 부분에 대해 노력을 아예 안 하고 살았던 것은 아니다. 감정과 생각을 여과 없이 늘어놓는 것이 듣기에 따라서는 속 편하겠다 싶은 행동일지 몰라도 득이 되는 행동도 아니라는 것을 경험상 알기에. 명상도 하고 비폭력 대화라는 것도 시도해 보고 아는 범위 내에서는 나름 노력을 하기는 한다. '나이가 들면 좀 나아지겠지. 세월의 흐름에 깎이는 모난 돌처럼 뾰족한 부분도 차차 둥글게 변하겠지.' .....는 개뿔. 어쩐 일인지 해가 갈수록 불편한 감정을 세련되게 포장해 내놓는 기술만 늘어가고 있다.

　혹자는 말한다. 세상 그렇게 살면 니 속은 편하겠다고. 세상에 하고 싶은 대로 다 하고, 하고 싶은 말 다 하면서 사는 사람이 어디 있냐고. 그런 말을 들으면 반쯤은 억울하다. 일단은 아무리 프로 불편러라도 하고 싶은 말을 아무런 여과 없이 그대로 내뱉지는 않는다. 나이도 있고 연륜이 쌓이다 보면 아무렇게나 행동해서는 안 된다는 것 정도는 알기에. 너무나 당연하게도 하고 싶은 대로 다 하면서 살지도 못한다. 이의를 제기했다가 대안을 내놓아야 한다는 암묵적인 압박에 시달려 제안했다가 덜컥 일을 맡아야 했던 경험도 여러 번이다. 어쩌면 나이보다도 그런 경험 때문에 이의 제기의 정도와 강도를 조절하는 기술을 발달시켜왔는지도.

다른 사람들이 분위기와 흐름에 선택을 맡긴다면 내 경우는 선택의 기준이 철저하게 나 자신이라는 점이 다른 것 같다. 어느 것이 옳은지 그른지, 본인에게 행복을 가져다주는 선택이란 어떤 것인지 사실 잘 모르겠다. 다만 암에 걸린 후 나름의 원칙이 사회에서 통용되는 원칙보다 하찮다고 생각하는 일을 그만두었다는 점은 확실하다. 전보다 더, 나 혼자만 다른 번호를 선택하는 일이 잦아진 데에는 기준점 자체가 이동했다는 데서 원인을 찾을 수 있을 것이다.

그러니 일상에서 어떤 상황을 마주했을 때 무언가 목구멍에서 탁 걸리는 느낌이 드는 날에는 영락없다. 정체성은 아니지만, 존재를 구성하고 있는 여러 가지 요소 중 하나라고 할 수 있기에 이걸 해소하지 않고서는 버틸 재간이 없는 것이다. 그건 아니죠. 잠시만요. 저는 그렇게 생각하지 않는데요. 왜 그렇게 해야 하죠? 습관처럼 입에 붙은 단어들. 순서를 방해하는 찰나. 문장이 발화되는 순간 방 안의 공기는 싸늘하게 식는 걸 느끼고 분위기를 감지한 내 얼굴은 달아오른다. 사람들의 관심이 주목되는 걸 별로 즐기지 않는 나지만 하기 불편한 얘기를 꺼내려는 찰나에는 어쩐 일인지 그 사실을 까맣게 잊게 된다. 보상의 메커니즘이 작동하는 것도 아닐 텐데. 다수의 의견을 따르지 않고 이의를 제기해서 득 본 일이 별로 없었으니 보상이라고 볼 이유가 전혀 없다.

이의를 받아들여야 하는 입장에서는 다른 의견, 소수의 의견도 소중하다고 입버릇처럼 말한다. 비록 말의 내용과 표정이 정반대를 향하고 있음을 모를 정도로 경험치가 적지는 않다. 실제로 그렇게 생각하는 것이 옳기에 그렇게 좋게 얘기하더라도 불편하고 성가신 일이 생긴 것만은 분명해 보이는 것이다. '이 작자를 어떻게 처리해야 할까'라고 생각하는 것이 표정에서 드러난다.

그러나 어디까지나 그것도 그 사람의 몫일 뿐. 나는 내 몫의 일상과 감정을 처리하고 그 사람은 자기 몫을 처리하면 되는 것. 문제는 그런 상황을 (본의 아니게) 초래한 프로 불편러인 나 자신도 막상 그렇게 해놓고 마음이 편치 않다는 점이다. 아, 그냥 좀 조용히 있을걸. 회의가 길어지고 논의해야 할 사항이 하나 더 늘어나고 만장일치가 되지 않아 왠지 찜찜한 마음을 남기고 끝나는 어떤 자리. 사회가 피해자에게 강요하는 침묵의 강도와 같을 수야 없겠지만 '나만 닥치고 조용히 있으면 모두가 편할 것을 왜 굳이'라는 무언의 압박으로 나 또한 마음이 불편해지고 마는 것이다.

얘기해서 얻는 이득도 별로 없고 정작 발화자인 나로서도 마음이 편하다고만은 할 수 없는 일을 굳이 왜 하느냐고 묻는다면 할 말이 없다. 하는 일에 합당한 이유를 찾을 만큼 연륜이 쌓인다고 해도 모든 일에 대한 해답을 가진 건 아니니 말이다. 분명한 것은 우리는 더 많이, 더 자주 말해야 한다는 점이다. 사회의 통념이 꼭 모두에게 적절할 수는 없는 노릇이고 소수의 의견, 약자의 의견이 더 많이 이야기되고 논의되어야 한다고 믿는다. 물론 나 자신을 약자라고 여기기에 하는 말은 아니다. 통념상 약자에 속하기도 하고, 아니기도 한데 내가 속해있던 곳에서 늘 주류였던 적이 없었고 아웃사이더나 마이너에 속해있는 사람으로 소수의 의견도 말해져야 한다는 데 생각을 같이하고 있기 때문이다.

그렇기에 프로 불편러라면 조심해야 할 부분도 있다. 말하고

자 하는 것이 비록 소수의 의견이긴 하나 합당한 이유가 있어야한다는 점이다. 단지 내가 그렇게 느끼고, 생각하기 때문이 아니라 적어도 그렇게 하는 것이 옳다고 믿을만한 근거가 있어야한다는 것. 어떤 면에서는 경험에서 올 수 있는 부분도 있고 그렇지 않은 부분도 있겠으나 그 간극을 메울 수 있는 노력이 선행되어야 한다는 점이다. 오만함을 갖지 않기 위한 노력이랄까. 뭐든지 다 알고 있다고 생각하는 오판은 저지르지 않았으면 하는 것이 바람이다. 뭐, 언제나 옳고 완벽한 얘기만 할 수는 없는 노릇이니 틀릴 수도 있다는 점을 전제로 하더라도 이의를 제기하는 나만이 정의롭다고 하는 착각은 버려야 한다. (사실 정의로운 일을 하고 있다는 착각은 젊은 시절 내게 큰 동력이긴 했다.)

어쨌든 이 모든 기우와 우려를 전제로 하더라도 세상 모든 프로 불편러들의 이의 제기가 더 많이 이루어지길 빈다. 그런 과정을 통해서, 이의 제기가 발화되고 제대로 논의되는 과정만이 사회의 진보를 이끌 수 있다고 믿기 때문이다.

암 환자의 버킷 리스트 작성기

본의 아니게 암 진단을 받고 난 후 유튜브 애청자가 됐다. 평소라면 간단하게 스킵하고 갈 영상들을 나중에 볼 동영상에 고이고이 저장해 놓고 시간이 될 때마다 본다. 주옥같은 영상 중에 암 환자들이 이른바 '암밍 아웃'을 하고 난 후 관련 영상들을 올리곤 하는데 이게 도움이 되기도 하고 한편으로는 정확히 그 반대가 되기도 한다.

수술을 앞둔 환자나 항암 과정이나 방사선 같은 치료과정에 대해 궁금해하는 사람들은 도움을 받을 수도 있겠다. 수술이나 항암치료 외에 다른 선택지가 있다는 것을 아는 것도 중요하니까. 비용에 대해서도 자세히 정리해 알려주는 영상도 많으니 궁금증을 푸는 데 도움도 될 것 같다.

내 경우는 항암을 해야 할지 말아야 할지 결정하는 데 도움이 되는 영상을 찾고 있었다. 항암과 관련한 영상은 자연 치료를 주장하는 곳에서는 항암 때문에 오히려 죽은 사람이 많으니 절대 항암은 하지 말라는 얘기가 핵심이고. 병원에서 하는 항암 치료라는 과정을 통과한 사람들은 항암 과정에서 겪은 부작용에 대해 자세히 알려준다.

두 경우 다 내게 도움 되는 영상은 아니었다. 자연 치료에 대해서는 그렇다. 나 역시도 몸의 자연스러운 치유 과정에 대해 믿고 싶었다. 그러나 암세포라는 것은, 암이라는 것에 대해서만큼은 모험을 걸 생각이 없다는 것이 내 결론이다. 대체의학이나 자연치유에 관해서는 지속적인 연구 결과가 상대적으로 부족한 것이 현실이다. 개인적으로 그렇게 생각하나 여기서는 그 내용을 다루는 것이 아니기에 이 정도로 각설하고.

항암치료에 대해 알려주는 영상은 오히려 내게 부작용을 낳았다. 수술보다 항암치료가 더 힘들다는 정도로만 알고 있었는데. 너무 많이 알아버렸다. 때로는 아는 것이 두려움을 동반하기도 하는 법이니까.

항암 하면 떠오르는 강력한 이미지. 구토와 오심은 물론이고 탈모라니. 나로서는 암 진단을 감정적으로 받아들이지 않을 수 있었던 유일한 동력이 일상으로 바로 복귀하고자 하는 꿈이었다. 그렇기만 한다면 오히려 암 진단이 인생에 도움이 될 수도 있겠다고까지 여길 정도였으니까. 이번 기회에 인생을 아예 싹 갈아치울 수 있겠다고. 내 게으름이나 내 몸에 대한 무신경함을 단번에 치료할 수 있는 만병통치약처럼 생각하기도 했던 게 사실이었다.

그런데 부작용까지 받아들여야 한다면 얘기가 달라진다. 그 걸 넘어서 일상에 복귀하기까지 온갖 부작용에 잠식되지 않고 도 집 밖으로 나설 수 있을지. 갑자기 자신이 없어졌다. 생각보다 오래 걸릴 것이라고, 예상보다 힘들 것이라는 예감에 두려웠다. 아, 망했다. 괜히 봤어. 차라리 모르는 게 나은 것도 있는 법이다.

그런 말도 들었다. 어떤 분은 차라리 죽여 달라고 빌었다고. 그 정도로 견뎌내기 힘든 고통을 미리 알고 대비할 수 있을까. 모르겠다. 결론은, 결정하는 데 아무 도움을 받지 못했다. 아쉽게도. 아직까지는.

살겠다는 의지가 매우 중요하다고 하는 분들이 많았다. 뭐, 당연한 얘기다. 그래서 버킷 리스트를 작성하는 것이 좋다는 팁도 얻었다. 평소에 리스트 작성을 취미로 삼고 있는 사람인지라 한 번 해볼까 하는 생각이 들었다.

우선 프리 다이빙이 떠올랐다. 근데 앞으로 치료가 어떻게 진행될지 모르는데. 상처가 아물고 팔을 자유롭게 움직이려면 얼

아프지만, 살아야겠어

마 정도가 걸리려나. 림프 때문에 수영이나 골프는 안 좋다는 얘기도 있고. 아는 게 많아도 탈이다. 어쨌든 프리 다이빙은 당장은 무리라는 결론이다. 언제 시작할 수 있을지도 예측할 수가 없다. 어차피 케바케. 결론을 너무 쉽게 내렸다.

게다가 프리 다이빙을 하려면 수영 연습도 더 해야 하는데. 언제 수영을 할 수 있을지도 불확실했다. 올해 안에 할 수는 있을까. 요즘 들어 매일 같이 고민하는 문제 중 하나다. 수영장에 언제 복귀할 수 있을까. 두 번째로 따라 오는 질문이다. 그동안 배운 걸 다 까먹으면 어떡하나. 자연스레 수반되는 걱정이다.

버킷 리스트를 작성하다 걱정에 질식할 것 같다. 그러고 보니. 어차피 암에 걸리나 안 걸리나 내 버킷 리스트는 달라질 게 없다. 암에 걸렸다고 갑자기 내가 다른 사람이 되는 건 아니니까. 암에 걸려서 그동안 미뤄왔던 일을 못 하게 생겼을 뿐이다. 대체로 물과 관련된 리스트는 언제 실행할 수 있을지 기약할 수가 없어졌다.

그러니 버킷 리스트는 건강할 때 써야 하는 것이었다. 가능하면 자주 들여다보고 가능할 때 실천해야 하는 거였다. 버킷 리스트를 작성하다가 여러 가지 현실적인 문제, 그것도 내 의지로 해결할 수 없는 문제에 부딪혀서 가로줄을 그어야 하는 의도치 않은 슬픔을 겪게 될 수도 있으니까.

내 마음의 고향, 강화

　사실 내 고향은 서울이다. 말투나 어쩐 일인지 생김새까지, 서울 태생이라는 것이 드러나는 모양인지 내게 고향이 어디냐고 묻는 사람은 거의 없다. 다른 사람에게 물었다가 예의상 내게 질문이 오는 경우가 있는데 멋쩍은 "서울"이라는 대답을 겨우 내뱉고 나면 양쪽 다 민망해지는 것이다. 왜 그런지는 모르겠지만 어쩐지 서울이 고향이면 좀 서글픈 생각이 든다. 대답하는 내 태도에 그런 생각이 묻어나는지 질문한 사람도 급히 화제를 바꾸게 되는 걸 종종 목격하게 된다.

　어쩌면 그래서였을지 모르겠다. 아니면 리버 피닉스가 나온 영화 〈내 마음의 고향, 아이다호〉(내용과는 무관하다는 것은 함정.)를 좋아해서 그리기로 정한 것일지도 모르겠다. 어쩌면 위치가 좋아서 아니면 내가 좋아하는 장소가 여럿 있는 곳이어서 그랬는지도 모르겠다. 아니면 교통편까지 고려한 모든 것의 총합으로 내려진 결론인지도 모르겠다.

　20대 시절, 강화도는 혼자서 우리나라 여러 곳을 여행하던 때 찾았던 곳 중 하나였다. 여행 루트가 제대로 기억나지 않기에 맨 처음 갔던 곳인지, 제일 마지막에 갔던 곳인지 알 수는 없다. 어쨌든 혼자서 갔던 여행지 중 하나였는데 전등사와 동막해변, 온수리성당 등 좋아하는 장소가 여럿 있었다. 여행지에 대해 사전에 정보가 전혀 없었고, 지금처럼 인터넷으로 바로 찾아볼 수 없던 때라 아주 천천히, 느리게 했던 여행이었다. 당연히 지금처럼 번듯한 숙소도 별로 없었고 혼자서 마땅한 숙소를 찾기는 더 어려웠다.

　여러 가지 난관에도 불구하고 강화도를 '내 마음의 고향'으로 하자고 마음먹었다. 아기자기한 절 전등사를 시작으로 그때만 해도 찾는 사람이 별로 없었던 작은 해변들. 영화 촬영지로 유명해지기 전까지는 고즈넉한 섬 그 자체였던 석모도와 섬이 품고 있는 절 보문사까지. 마음에 쏙 드는 장소가 여럿 있었고 이틀이나 삼일이면 쉬엄쉬엄 다녀도 충분했기 때문이었는지도. 언제든 마음만 먹으면 찾아갈 수 있는 가까운 곳이라는 이점도 있었을 것이었다. 아무튼 20대 시절, 스스로 정한 내 마음의 고향은 강화도였다.

그 뒤로도 종종 갔다. 마음이 지치거나 혼자 생각을 정리할 필요가 있을 때 가방 하나만 메고 편한 마음으로 갈 수 있는 곳이었으니까. 이상하게 전등사에만 가면 아귀같이 다투던 머릿속이 정리되는 느낌이 들었다. 강화도에 있는 소나무 숲을 보면 압도되는 느낌에 사로잡혔지만, 그 느낌이 오히려 나를 가라앉히는 데 도움이 되는 것이었다. 내 멋대로 정한 고향이지만 그게 아주 효과가 없는 건 아니구나 싶었다.

사실 아이들을 키우면서 그런 시간이 절실했을지도 모르는데 그동안은 강화도를 찾지 않았거나, 혹은 찾지 못했다. 나중에야 알게 된 사실이지만 그동안 나는 에너지를 잃었다. 활기를 잃었기에 강화도에 가지 않게 된 것인지, 강화도에 가지 않아서 에너지가 바닥 난 것인지 알 수 없지만, 결론은 분명했다. 그때 나는 스스로를 잃었고, 우울했다. 그 시간을 나는 그저 꾸역꾸역 버텨내고 있었다.

암이라는 고비를 만나 어찌어찌해서 텐션이 급상승한 이후로 실로 오랜만에 강화도를 홀로 찾았다. 시간에 쫓겨 전등사만 겨우 다녀올 수 있었지만 오랜만에 하는 장시간 운전마저도 좋았다. 전등사 대웅보전은 공사 때문에 제대로 볼 수 없어 아쉬웠지만, 초입의 작은 소나무 숲을 보자 기억이 되살아났다. 그래, 저거였구나. 할 수만 있다면 낙엽 깔린 바닥에 눕고 싶을 정도였다. 나를 압도했던 느낌과 감탄하게 만든 기억들이 거기에 있었다. 조금 달라졌지만 내게 주는 느낌만은 그대로인 채로.

나는 조금 변했다. 흰 머리도 하나둘 보이기 시작하고, 입가의 팔자 주름은 웃지 않을 때도 존재감을 드러내고 있다. 때로는 변하는 것이 아쉽다. 늙는 것은 추해지기 때문이라서가 아니라 예전에 내가 좋아했던 것, 나를 행복하게 만들었던 것들이 빛바래기 때문인 것 같다. 그래서 그걸 간직하려는 노력이란 게 필요한 모양이다.

비범한 여인들의 계보

눈을 살짝 감고 있어도 입가에 슬며시 미소가 지어지는 걸 알 수가 있다. 더 이상 왁자지껄할 여지가 없어 보이는 길고 커다란 식탁에 어른이고 아이고 할 것 없이 엉켜 있다. 하나같이 시끄럽고 입에 먹을 걸 넣느라 분주하다. 집중하지 않는 것 같았는데 누군가 꺼낸 한 마디가 식탁에 잔잔한 파문을 일으킨다. 비혼 여성이 갑자기 아이가 갖고 싶다고 했을까. 아니면 임신한 것 같다고 대수롭지 않게 말을 꺼냈을까. 뭐 하러 그런 게 갖고 싶냐. 바로 타박이 나오지만, 상대방은 별로 개의치 않는다. 어쩌면 둘 다 아니고 건강 문제를 털어놨을 수도 있다. 각자의 생김새와 살아온 인생이 제각각인 것처럼 반응 온도는 다르다. 그것이 무엇이든, 하나 같이 의견을 얘기하느라 바쁘고 그것이 응당 당연한 절차인 듯 발화자 또한 받아들이지만, 모두가 알고

아프지만, 살아야겠어

있다. 결론은 당사자만이 내릴 수 있고 주변에서 하는 말은 그저 그 사람에 대한 애정에서 나온 말이라는 것을. 그 자리에 모인 모두가 알고 있기에 문제가 되지 않는다.

어쩌면 새로 구성원이 될 사람에 관한 이야기가 한창일 수도 있겠다. 그녀는 얼마 전 가정폭력을 피해 잠시라도 쉴 곳이 필요한 누군가일 수도 있고. 물 맑고 풍경 좋은 곳에서 쉬면서 요양이 필요한 암 환자일 수도 있다. 누군가는 강조할 것이다. 여성 누구에게나 열려 있지만, 공동체에 해가 되는 일이 무엇일지 미리 예측하는 것은 중요하다고. 배타적이고 폐쇄적인 곳은 아니지만 안전하고 평화로운 곳이어야 한다는 원칙은 지켜져야 한다고. 사람을 새로 들이는 일은, 그래서 쉬운 일이 아니다.

모든 우려에도 불구하고 새로운 인물은 받아들이는 쪽으로 결론이 난다. 그렇다 해도 공동체를 이끄는 사람은 안전 문제를 미리 예측해 두어야 한다. 그러니까, 나 말이다. 뭐 어쩌면 꼭 나 한 사람이 아닐 수도 있겠다. 그룹이 이끌어 가고 결정을 하는 것이 바람직할 수도 있겠다. 안전 문제라. 워낙에 또 겁이 많은 나는 이 문제를 떠올리자 심각해진다. 주짓수 블랙벨트가 필요하겠어. 어쩌면 다 같이 주짓수 클래스를 들을 수도 있겠지. 구성원 모두가 자기방어 훈련 같은 걸 받거나 공동체 내에서 그런 워크숍을 열어도 좋을 것이다. 함께 모여서 공부 주제를 가지고 연구를 하고 토론도 하고 워크숍도 하고 밭일도 하면서… 아, 그만해야겠다. 헛바람이라도 들은 것처럼 실실 웃음이 새어 나온다.

생각만 해도 시간 가는 줄 모르고 끝도 없이 상상하게 되는 이 풍경은 말하자면 노후에 대한 꿈 중 하나다. 어쩌면 노후까지 안 가더라도 준비가 되면 당장이라도 실현하고 싶은 미래이자 희망 사항이다. 분명히 객사하는 것을 생의 마지막으로 하고 싶다는 바람을 밝힌 적이 있으니 모순된 이야기라고 여겨지기도 하지만 평소 행실로 미루어 보건대 둘 다 시도해 볼 가능성이 크다고 봐야 할 것이다. 암의 재발이라는 불행이 비켜가야 할 것이고 지금과 같은 에너지와 삶에 대한 기대, 사람에 대한 믿음이 있어야 가능한 미래이긴 하지만 말이다.

90년대에 개봉했던 〈안토니아스 라인〉이라는 영화는 그 시절 희귀한 아이템인 페미니즘 서사를 갖고 있지만, 당시 그걸 보던 나는 그런 식으로 맥락을 읽지는 못했다. 다만 그 영화를 떠올리면 지금까지도 떠오르는 장면이 있는데 그건 바로 식탁에서 어른이나 아이 할 것 없이 섞여 이야기를 나누면서 식사를 하는 장면이었다. 안토니아를 중심으로 증손녀까지 앉아있는 그 식탁에서 안토니아가 어찌나 위대하고 아름다워 보이던지.

증손녀가 마을의 불한당 같은 놈에게 강간을 당했을 때 그녀가 했던 일도 기억난다. 장총을 가지고 그놈을 찾아가 총을 겨눈 채 저주를 내리면서 "이 저주는 끝까지 네 놈을 따라갈 것"이라고 한바탕 퍼붓는다. 그러고선 집에 돌아와 침대에 누워 앓아눕는 장면은 너무나 멋지다고 생각했다. 안토니아의 저주 이후 그놈은 얼마 지나지 않아 실제로 (다른 이에 의해) 죽게 되는 다소 판타지 같은 요소가 용서될 정도였다. 그런 일을 겪고도, 어쩌면 그보다 더한 일을 겪고도 인간은 살아가는 존재이고 극적으로 괜찮아지지 않아도 살 수 있다는 엄연한 가르침은 나중에나 알게 되었다.

정세랑의 『시선으로부터』를 읽으면서 〈안토니아스 라인〉을 떠올렸다. 안토니아와 책 속의 시선은 말하자면 나의 노후 대비 롤모델인 셈이다. 심시선이 다분히 가부장적인 체제 내에서 일가를 이루었다면, 안토니아는 제도나 룰 같은 건 깡그리 무시했다는 점이 다를 뿐이다. 예측하건대 두 사람은 생김새도 정반대일 것이고. 시대적인 배경도 다르지만, 삶에 대한 태도와 방식만은 상당히 닮아 있었다. 무엇보다 살면서 겪게 되는 불행에 잡아먹히지 않고 언제나 욕구와 욕망에 충실한 쪽으로 선택을 내렸다는 점이 마음에 들었다. 부당한 일에 침묵하지 않거나 혹은 부당한 일이 있을때 마음속으로 칼을 갈 줄 알았던 그녀들은 과연 비범한 여인들이었다. 가장 마음에 드는 점은 그들이 유머를 잃지 않고 적절하게 사용할 줄 알았다는 거다. 나이를 떠나 정점에서 제대로 살아봤던 사람만이 가질 수 있는 원숙함. 내가 남은 인생을 암 환자로 살아가야 할 것은 뻔한 얘기겠지만 어떤 인생을 살게 되든지 그것만은 본받고 싶다.

아직은 끝이 아닌 이야기

　명확하게 시작과 끝으로 구분할 수 있는 일은 그렇게 많지 않은 것 같다. 암 수술만 끝나면, 치료만 끝나면, 재건 수술만 끝나면 등등. 수술했다 퇴원해 집에 돌아가면 암 환자라는 다소 부담스러운 정체성을 벗어던질 수도 있을 것 같았다. 어떻게 보면 뒤죽박죽인 것처럼 보이기도 하고 어떤 면에서는 나름의 질서가 보이기도 하지만 삶이란 원래 그런 것을. 질서정연하게 '차렷!'하고 있는 인생이란 또 얼마나 갑갑한 것일지.

　암 조직을 제거하는 수술에 이어 1년 후 재건 수술, 유륜 타투까지 마쳤지만 아직 병원 오가는 일을 벗어나지 못한 상황이다. 항암치료를 하는 건 아니지만 상태가 어떤지 검사도 받아야 하고 흉터 관리도 해야 하는 실정이다. 굳이 그런 시술까지 필요한지는 의문이지만 어쨌든 몇 개월 후에 초음파 검사가 예약되어 있고 앞으로도 지속적인 주의와 관찰이 필요하다고 하니 암 환자 노릇은 끝이 아닌 셈이다.

겉으로 표가 나지 않다 보니(감사하게 생각한다.) 아는 사람에게는 암 환자이기도 하면서, 사정을 잘 모르는 사람에게는 암 환자가 아니라 가끔 곤란한 상황을 겪기도 한다. 아직 수술 부위나 겨드랑이 쪽이 부자연스러워서 의도치 않게 변명해야 할 때도 있고, 어쩌면 몸을 움직이기 싫어하는 사람이라는 다소 억울한 오해를 사게 될 때도 있다. 그런 상황에서까지 "제가 암 환자라서요."라는 말을 해야 할까. 머릿속으로 오만가지 상황과 그에 따른 대처법을 빠르게 스캔하다 보면 그냥 상대방이 오해하도록 놔두게 된다. 본의 아니게 게으르고 다소 이기적인 사람으로 생각하도록 내버려 두게 되는 것이다.

그래도 괜찮다. 암 환자임을 밝히는 것이 부끄럽거나 싫어서 그런 것은 아니다. 그저 나는 수술을 끝내고 새로 가슴도 얻었으니 일상으로 돌아가기 위해서 애쓰는 중이다. 암 환자들에게 일상으로 돌아가기는 상당히 어렵고 고단하고 진이 빠지는 일이다. 항암치료나 방사선을 하지 않은 나 같은 암 환자들도 그럴진대 개인의 노력과 의지만으로 안 되는 일이 있다는 걸 깨닫는 일은 또 얼마나 잔혹할까.

그러니 괜찮다. 암 환자가 아니더라도 억울한 일은 종종 있고 오해를 사는 일도 있으니. 그보다는 재발과 전이의 위험을 항상 안고서, 암이라는 부담을 짊어지고 사는 일에 비하면 그 정도는 괜찮다. 사는 일이라는 것이 항상 그러니 죽다가 살아난 정도는 아니더라도 살아있다는 사실에 대해 기쁘다고 느낄 수 있는 사람이 된 나로서는 그 정도는 감당할 수 있으리라.

　흔히들 두 번째 인생을 산다고들 말한다. 호들갑 떨 생각은 없지만, 표면적으로는 그런 느낌이 들기도 한다. 암을 축복이라고 말할 수는 절대로 없지만 그만큼 마음가짐과 태도의 변화가 극적인 것만은 사실이다. 인생을 관통하는 전과 후가 있다면 그것이 바로 암 진단을 받은 일일 것이다.

　그렇게 말하면서도 마음 한켠이 뻐근하고 불편해져 오는 것은 암을 비롯한 무서운 병으로 삶을 등진 이들 때문이다. 당연히 전보다 그런 이들에게 감정을 이입하는 정도가 깊어져 말 한마디도 함부로 입에 올릴 수가 없다. 그런 사람들의 이야기를 듣고 동영상을 보면서 저 사람과 나의 결말이 달라진 이유는 무엇일까 생각하지 않을 수가 없다. 조기 진단이나 병의 진행 속도, 유전적인 요인 등 여러 가지 원인을 들 수 있겠으나 확실한 건 아무도 모른다. 모른다는 것은 그만큼 두렵다는 것이다.

　그들이 살고 싶어 했던 하루를 내가 선물 받은 거라고 말하고 싶지는 않다. 그렇기에 단 한 순간도 허투루 쓰지 않겠다는 다짐도 하지 않을 것이다. 전처럼 나는 무기력하고 쓸모없는 하루를 보내기도 할 것이고, 그런 날이면 죄책감에 쓰레기 같은 음식을 욱여넣는 나쁜 생활 습관을 다시 해보일 수도 있다. '뭐, 이렇게 달라진 게 없어?'하고 되묻는 내 모습이 그려질 정도다.

아니다. 그럼에도 다르다. 그렇게 묻는 순간에도 내일은 다를 것이라 믿는다. 그저 이런 날도 저런 날도 있고, 심지어 방 밖을 벗어나지 못하고 끙끙거리는 날일지라도 달라졌음을 느낀다. 어찌 됐든 삶과 이어진 끈은 계속될 것이라는 걸, 알고 느낀다. 그러니 또 괜찮은 날에는 온종일 밖에 나가 사람들과 어울리며 일상을 살 것이다. 그런 게 인생인 것 같다. 맺고 끊는 게 확실하진 않아도 계속 이어지는 이야기. 살아있다는 건 그런 것인가 보다.

아프지만, 살아야겠어

초판인쇄 ㅣ 2022. 6. 10
초판발행 ㅣ 2022. 6. 15

지은이 ㅣ 윤명주
발행인 ㅣ 오무경
디자인 ㅣ 이호정
일러스트 ㅣ 김정아
펴낸곳 ㅣ (주)풍백미디어
출판등록 ㅣ 2020년 9월 2일 제2020-000108호
주소 ㅣ 서울시 강서구 강서로7길 28, 101호(화곡동, 해태드림타운)
팩스 ㅣ 0504-250-3389
이메일 ㅣ firstwindmedia@naver.com
블로그 ㅣ https://blog.naver.com/firstwindmedia

ISBN 979-11-971708-8-1 (03810)

이 출판물은 KoPubWorld돋움체/바탕체, 아리따 돋움/부리, 이서윤체를 사용하였습니다.